真田十勇士

2 決起、真田幸村

小前亮 作

小峰書店

決起、真田幸村

——目次

装画
遠田志帆

装幀
城所潤
JUN KIDOKORO DESIGN

一
再《さい》会《かい》

1

天下分け目の関ヶ原《せきがはら》の戦いは、徳川家康《とくがわいえやす》ひきいる東軍の勝利に終わった。慶長《けいちょう》八年（西《せい》暦《れき》一六〇三年）、征夷大将軍《せいいたいしょうぐん》の地位についた家康は、江戸《えど》に幕府《ばくふ》を開く。江戸時代のはじまりである。

二年後、家康は息子の秀忠《ひでただ》に将軍の位をゆずった。政治にあきたわけでも、病気になったわけでもない。将軍の位は徳川家が代々受けつぐという宣言《せんげん》をしたのだ。家康は駿河国《するがのくに》（今の静岡《しずおか》県）の駿府城《すんぷじょう》にうつって、天下に目を光らせていた。

家康はすなおにしたがう者を優遇《ゆうぐう》し、逆らう者を徹底的《てっていてき》に痛《いた》めつける。関ヶ原の戦いで敵にまわった大名は多くが領地をとりあげられたが、味方についた大名でも、忠誠心《ちゅうせいしん》が足りなかったり、幕府にとって目ざわりだったりする者は冷たくされた。少しの罪《つみ》で罰《ばっ》せられたり、後つぎがいないからという理由でお家《いえ》をとりつぶされたりする。

関《せき》ヶ原《がはら》の戦いで西軍から東軍に寝返《ねがえ》り、東軍に勝利をもたらした小早川秀秋《こばやかわひであき》は、岡山藩《おかやまはん》五十五万石を与《あた》えられた。しかし、わずか二年後に病死して、藩はとりつぶされてしまった。早すぎる死は、西軍武将《ぶしょう》のたたりとも、暗殺ともいわれている。西軍の生き残りを中心に、秀秋をうらんでいる者は多かったし、東軍にとっても信用できない男として厄介者《やっかいもの》あつかいされていたので、暗殺されても不思議はない。

もっとも、徳川《とくがわ》家にとって、一番厄介なのは大坂城《おおさかじょう》の豊臣秀頼《とよとみひでより》である。秀頼は秀吉《ひでよし》の息子で、本来ならば父の後をついで天下人《てんかびと》となる男であった。その地位を家康《いえやす》が奪《うば》ったわけだ。家康は秀頼を殺してしまいたいが、豊臣家をしたう大名が多いので、簡単《かんたん》には実行できない。天下の支配をかためながら、その機会をうかがっている。

反対に、幕府《ばくふ》に抵抗《ていこう》して豊臣家を守ろうとする者たちもいた。真田幸村《さなだゆきむら》もそのひとりである。

幸村は関ヶ原の戦いの後、父親の昌幸《まさゆき》とともに、紀伊国《きいのくに》（今の和歌山県《わかやま》）の九度山《くどやま》村に流された。厳《きび》しく監視《かんし》され、村から出られない不自由な生活ではあるが、配下の忍《しの》びや家臣の働きで、外の世界の情報《じょうほう》を集めている。

「我々《われわれ》が必要とされる日がきっとくる」
真田一党《さなだいっとう》はそう信じて、ひそかに爪《つめ》をといでいるのであった。

慶長《けいちょう》十六年（西暦《せいれき》一六一一年）三月、ぽかぽかと暖《あたた》かい日のことである。京の町をつらぬく通りに人だかりができていた。老人も若者《わかもの》も、男も女もつれだって、砂《すな》ぼこりがたつ道のわきにならんでいる。

猿飛佐助《さるとびさすけ》が、その人ごみにまぎれていた。桶《おけ》をかつぎ、笠《かさ》をかぶって、行商人に変装《へんそう》している。辺りをきょろきょろする姿《すがた》は無害な田舎者《いなかもの》といった様子だが、どこにもすきはない。

佐助は真田幸村《ゆきむら》に仕える忍《しの》びである。子どものころ、信州上田《しんしゅううえだ》の山中で、戸沢白雲斎《とざわはくうんさい》と名乗る老人と出会い、弟子となった。忍術《にんじゅつ》の修行をつんで、上田城《うえだじょう》の戦いで初陣《ういじん》を経験したのは、数え年で十四歳《さい》のときだ。上田城の戦いは、関ヶ原《せきがはら》に向かう徳川《とくがわ》軍を真田軍が迎《むか》え撃《う》ったものである。多勢《たぜい》に無勢《ぶぜい》ながら、真田軍はみごとに勝利をおさめたのだが、関ヶ原の戦いで西軍が敗れたために、真田父子は流罪《るざい》となった。その後、佐助は九度山《くどやま》を出られない主君にかわって各地をめぐり、情報収集《じょうほうしゅうしゅう》につとめている。この日は、数年ぶりに京の町にやってきていた。

人々がざわめきはじめた。

「あ、行列が見えたよ」

父親に肩車《かたぐるま》されている男の子が叫《さけ》んだ。

佐助《さすけ》はけんめいに背伸《せの》びをしたが、黒い頭にさえぎられて前の通りすら見えない。少年から青年になって、体力はついたが、残念ながら背はあまり伸びなかった。いまだ小柄《こがら》なままである。かつて行動をともにした忍《しの》びに、背の低いのは長所だ、と言われたことが心の支えになっている。

行列が見たければ、人のあいだをぬって前に出てもいいし、家の屋根に上ってもいいのだが、忍びが人目をひくわけにはいかない。佐助は目のかわりに耳に神経《しんけい》を集中させた。

「先頭は馬に乗ったお侍《さむらい》だ。それから、槍《やり》を持った兵がいっぱいいる。秀頼《ひでより》様はその後ろの輿《こし》かな」

肩車の男の子が父親に説明している。行列が近づいてくると、わきの人々は押《お》しあいながら、地べたにひざをつけて頭をさげた。佐助《さすけ》も同じようにしながら、上目づかいで行列をながめる。

行列は西から東へゆっくりと進んでいた。豊臣秀頼《とよとみひでより》が家康《いえやす》に会うため、大坂城《おおさかじょう》から京の二条城《にじょうじょう》へ向かっているのだ。

家康は幕府《ばくふ》を開いてから、秀頼を完全にしたがわせようと、いくどか大坂に使者を送っていた。もともとは、家康こそが豊臣家の臣下だったのだが、それを名実ともに逆転させようとしている。

ひどい話だ、と佐助などは思っている。

「家康には天下を貸しているだけ。秀頼様がおとなになったら、返してもらう」

大坂城にいる豊臣家の者たちはそう考えているらしいが、秀頼はこの年、もう十九歳《さい》だ。とうに元服《げんぷく》もすませており、立派《りっぱ》なおとなである。だが、家康にはもちろん、政権《せいけん》を返すつもりはない。それどころか、天下人《てんかびと》にあいさつに来るよう、強く求めた。

豊臣家は仕方なく、要求を受け入れた。妻の祖父《そふ》にあいさつをするというのが表向きの理由である。

秀頼《ひでより》の妻の千姫《せんひめ》は、徳川秀忠《とくがわひでただ》の娘《むすめ》で、家康《いえやす》の孫にあたる。この結婚《けっこん》は千姫が赤子のときに決められたもので、夫が十一歳《さい》、妻が七歳のときに実現《じつげん》した。戦国の世によくある政略《せいりゃく》結婚だ。

「立派《りっぱ》な輿《こし》だね。さすがに秀頼様だ。お顔が見えないかなあ」

「こらっ、失礼だぞ」

顔をあげて見物しようという子どもを父親が注意している。ほかにも立ちあがっている子がいるが、行列を守っている兵たちは怒《おこ》らない。

秀頼の父親である秀吉《ひでよし》は、農民から天下人《てんかびと》に成りあがった英雄《えいゆう》であり、明るい性格《せいかく》で民《たみ》に好かれていた。京や大坂《おおさか》の町人には、今でも豊臣《とよとみ》家に心を寄せている者が多い。だから、行列をひとめ見ようと集まっているのだ。

行列が通りすぎると、人々は声高《こわだか》に話しはじめた。

「いやあ、秀頼様は立派なお方だな」

「もしかして、お姿《すがた》を見たのか」

「ちがう。雰囲気《ふんいき》だよ。お供《とも》のお侍《さむらい》もみんな、かっこよかっただろう」

「うーん、それだけではわからんなあ」
秀頼《ひでより》には頼《たよ》りない若殿《わかとの》様という評判《ひょうばん》がある。大坂城《おおさかじょう》から出ることがなく、秀吉《ひでよし》とちがって民《たみ》とまじわらないからだが、それは母親の淀殿《よどどの》が過保護《かほご》なせいだという。いつまでも子どもあつかいして、危《あぶ》ないことをさせないのだそうだ。淀殿は今回の家康《いえやす》との対面にも最後まで反対していた。

だが、佐助《さすけ》が観察したところ、秀頼は平凡《へいぼん》な人物ではないように思われる。人々が言うように、お供《とも》の侍《さむらい》や兵はきちんと隊列を組み、きびきびと歩いていた。主君がだらけていれば、そうはならない。また、輿《こし》をかつぐ男たちの様子を見ると、秀頼はかなり体格がよさそうだ。人の上に立つ者にとって、大きな体格はひとつの武器《ぶき》になる。

佐助はそのまま人の波にまぎれて、二条城《にじょうじょう》が見えるところまで行ってみた。通りに綱《つな》が張ってあり、警備《けいび》の兵があちこちで目を光らせていて、城《しろ》に近づこうとする町人を追い返している。徳川《とくがわ》方の忍《しの》びも姿《すがた》を隠《かく》して見張っているだろう。

「さすがに忍びこむのは無理だなあ」

佐助はため息まじりにつぶやいた。城門にも城を囲む塀《へい》にも、たくさんの守備《しゅび》兵がいて、とても入れそうにない。

家康《いえやす》と秀頼《ひでより》がどういう会話をかわすのか。その結果、平和がおとずれるのか、それとも戦《いくさ》になるのか。天下の行く末を決めるかもしれない対面だけに、この目でたしかめたい気持ちがあったが、つかまっては元も子もない。

きびすを返して歩きだすと、若《わか》い男が声をかけてきた。

「何を売ってるんだい?」

「魚の干物《ひもの》なんですが、もう売り切れちゃったんですよ。すみません」

佐助《さすけ》は桶《おけ》をひっくり返してみせた。男が残念そうに笑う。

「そうかい。いいときに売りに来たな。今日は秀頼様もいらっしゃるし、お国歌舞伎《くにかぶき》もやっているしで、町は大にぎわいだもんな」

「お国歌舞伎っていうと……」

「知らないのか? あんた、やっぱり田舎者《いなかもの》だな」

男は馬鹿《ばか》にしながらも教えてくれた。出雲国《いずものくに》(今の島根《しまね》県)出身のお国という女がひきいるおどりと芝居《しばい》の一座《いちざ》だという。

佐助《さすけ》もうわさを聞いたことはあった。芝居《しばい》の一座《いちざ》というと、戦乱《せんらん》の時代には忍《しの》びの役割《やくわり》をはたしているものが多かったが、お国歌舞伎《くにかぶき》がどこかの大名家につながっているという情報《じょうほう》はなかった。そのため、関心をもっていなかったのだが、近くに来ているのなら、一度見てみたい。

町はずれの河原《かわら》で芝居をやっているというので、佐助はそちらへ向かった。人だかりがしているので、場所はすぐにわかった。

佐助が着いたのは、ちょうど芝居がはじまったときだった。川の流れを背《せ》にして舞台《ぶたい》が組んであり、見物人が半円状《じょう》に取り囲んでいる。役者が女だからだろうか、客は男がほとんどだ。舞台の上では、色とりどりの奇妙《きみょう》な着物をまとった女たちがおどっている。

客たちは大声ではやしたてているが、佐助にはあまりおもしろいとは思えなかった。それで、舞台よりも客のほうをながめていると、ひとりの男が目にとまった。

「ええっ⁉」

思わず声をあげてしまって、佐助は自分の口をおさえた。目をつぶって頭を横にふり、もう一度開く。

たしかに見おぼえのある顔だった。浅黒い肌《はだ》に白い歯、人なつっこい笑み……別れてからの年月は感じられるが、まちがいない。黒六郎《くろろくろう》こと海野《うんの》六郎だ。

「生きてたんだ」

なつかしさで胸《むね》がいっぱいになった。船上で敵の襲撃《しゅうげき》を受け、黒六郎が海に消えてから、十年以上がたっている。死ぬはずはないと思っていても、心のどこかであきらめていた。それが、生きてまた出会えたのだ。目の奥《おく》が熱くなって、涙《なみだ》がこみあげてくる。歯を食いしばって耐《た》えた。忍《しの》びが人前で泣くわけにはいかない。

佐助《さすけ》はするすると人ごみを抜《ぬ》けて、黒六郎の背後《はいご》に立った。黒六郎は気づかず、舞台《ぶたい》に歓声《かんせい》を送っている。その声も記憶《きおく》のとおりだ。

黒六郎の粗末《そまつ》な着物のそでを、佐助はそっと引っぱった。おどろいた顔を見て、笑いかけるつもりだった。

しかし、ふりかえった黒六郎は佐助をひと目見て眉《まゆ》をひそめた。

「いいところなんだから、邪魔《じゃま》するなよ」

まるで知らない人間を見る目だった。人ちがいなのだろうか。佐助は不安になったが、顔だけでなく、がっちりした体格《たいかく》も、中くらいの背丈《せたけ》も黒六郎《くろろくろう》そのものだ。

「海野《うんの》六郎様だろ。おれだよ、佐助《さすけ》だよ。忘《わす》れてしまったのか？」

ささやくと、黒六郎らしき男は一瞬《いっしゅん》、動きをとめた。しかし、ふりむくことはなく、視線《しせん》は舞台《ぶたい》に集中している。しばらく沈黙《ちんもく》したのち、男はつきはなすように言った。

「海野六郎なんて名は知らん。誰《だれ》かとまちがえているんだろう」

「そんな、うそだろ」

佐助は呆然《ぼうぜん》として立ちつくした。

他人の空似《そらに》とは思えない。でも、だったらなぜ、黒六郎は知らないふりをするのだろう。兄弟か親戚《しんせき》なのだろうか。しかし、それならそう言うはずだ。そもそも、黒六郎が生きていたら、主君のもとへ駆《か》けつけるに決まっている。やはりよく似た別人なのか。

九度山《くどやま》には、黒六郎と仲がよかった望月《もちづき》六郎がいる。秀頼《ひでより》の上京が一段落《だんらく》したら、いったんもどって相談してみよう。

考えているうちに、黒六郎らしき男は姿《すがた》を消していた。舞台の上ではおどりがつづいている。夕日が赤く照らす河原《かわら》で、佐助は首をひねりつづけていた。

2

月明かりの下、佐助《さすけ》はすべるように駆《か》けていた。砂利《じゃり》道だが、ほとんど足音は立てていない。追ってくる者も同様だ。

ちらりとふりかえって、十字手裏剣《しゅりけん》を投じる。月光を反射《はんしゃ》することのない、黒くぬられた手裏剣が、闇《やみ》を切りさいて飛んだ。追っ手の足に命中する。灰色《はいいろ》の装束《しょうぞく》をまとった敵の忍《しの》びが、声にならないうめきをあげて倒《たお》れた。

だが、まだ三人の忍びが追ってくる。佐助は内心で舌打《した》ちした。

判断《はんだん》をあやまったのは、昼間のできごとの影響《えいきょう》かもしれない。黒六郎《くろろくろう》らしき男に会ったことが気持ちをたかぶらせていた。

それに、なんとしても手柄《てがら》をたてたいというあせりもあった。これまで順調に任務《にんむ》をこなしてきた佐助だが、はでな働きはしていない。重要な秘密《ひみつ》を手に入れて、みなに認《みと》められたかった。

佐助《さすけ》は二条城《にじょうじょう》に忍《しの》びこんで、情報《じょうほう》を集めようとしたのだった。秀頼《ひでより》との会見の後、幕府《ばくふ》がどういう戦略《せんりゃく》をとろうと相談しているのか、たしかめたかった。秀頼が帰って、警備《けいび》が甘《あま》くなるのではないか、という読みもあった。

しかし、敵の忍びは、逆にそこを狙《ねら》っていたようだった。塀《へい》を乗りこえて侵入《しんにゅう》するまではよかったが、屋敷《やしき》に近づくときに見つかってしまった。

佐助はふいに右に飛んだ。間一髪《かんいっぱつ》、敵の手裏剣《しゅりけん》が通りすぎていく。次は左へ。連続して投げられた手裏剣をかわしながら駆《か》ける。

足の速さには自信があるが、それは相手も同じだろう。どこまで鬼《おに》ごっこはつづくのか。そう思いつつ、佐助は急に左へと向きを変えた。目の前に、黒々とした塀があらわれたのだ。手裏剣がつづけて三発、塀に突《つ》きささった。

次の瞬間《しゅんかん》、空中を走るような身軽さで、佐助は塀を駆けあがった。そのまま少し塀の上を移動《いどう》してから飛びおりる。頭巾《ずきん》の上を手裏剣がかすめていく。

佐助は細い道に入って、まきびしを落としながら逃《に》げた。まきびしはかたい木をけずってつくった道具で、地面にまくととがった部分が上を向くようになっている。ふめばかなり痛《いた》く、よけようとすれば速度が落ちるので、追っ手を足止めする効果《こうか》がある。

しばらく走ると、敵の気配がなくなった。佐助《さすけ》は用心しながら角を曲がり、寺院の庭に入りこんだ。庭石の陰《かげ》に身をひそめる。

修行をつんだ忍《しの》びは、呼吸《こきゅう》を少なくし、何日でもじっとしていることができる。佐助は石の一部になったかのごとく、まったく動かない。紺色《こんいろ》の忍び装束《しょうぞく》は夜の闇《やみ》に沈《しず》んでおり、人がいるとはわからない。

やがて東の空が白みはじめてきた。追っ手はどうやらあきらめたようだ。佐助はそろそろと動きだした。まず、手足をゆっくりと曲げたり伸《の》ばしたりして、血のめぐりをよくする。体勢《たいせい》を低くして、岩の陰から抜《ぬ》けだす。

朝日が顔を出す前に、町を出てしまいたい。まだ暗い道のはしを、佐助は走りだした。京の町の地図は頭に入っている。城《しろ》や兵の詰《つ》め所の近くはさけ、人があまり通らぬ道を選んで駆《か》ける。

だが、その考えを逆手《さかて》にとられたのかもしれない。

「とまれ、そこの忍《しの》び」

突然《とつぜん》、くぐもった声をかけられた。佐助《さすけ》はおどろいたが、もちろんとまるわけにはいかない。無視《むし》して走る背中《せなか》を、あざけるような笑いが追いかけてきた。

「城《しろ》に忍びこもうとした間抜《まぬ》けな忍びはおぬしか？」

間抜けと笑われれば腹《はら》が立つが、怒《おこ》ったら敵の思うつぼだ。佐助は無言でふりきろうとした。気がかりなのは、声が近づいてくるように感じられることだ。

はっとして、佐助は急停止した。

目の前で黒い花がぱっと開いた。広げられた網《あみ》が迫《せま》ってくる。後ろの声に気をとられているところを狙《ねら》っていたのだ。

佐助は後方にとんぼをきって逃《のが》れ、さらに追撃《ついげき》をかわそうと左へ飛んだ。

「ほほう」

感心したような声が聞こえた次の瞬間《しゅんかん》、地面で何かが弾《はじ》けた。煙玉《けむりだま》だ。二発、三発とつづいて玉が弾ける。

たちまち、白い煙がたちこめてきた。佐助はそでで口と鼻をおさえて突破《とっぱ》しようとする。

まわりが見えなくなったら、逃《に》げるほうに有利なはずだ。なぜ煙玉《けむりだま》などを、と思ったとき、鼻の奥《おく》に甘《あま》いにおいを感じた。

どこかなつかしい。

だが、記憶《きおく》をさぐっている暇《ひま》などない。煙のうすい方向へ抜《ぬ》けようとした佐助《さすけ》は、奇妙《きみょう》な感覚におそわれた。足に力が入らない。頭がどこかへ飛んでいこうとしているようで、気が遠くなる。

「おや、誰《だれ》かと思ったら、おぬしは……」

もしかして、その声は。

思い出がよみがえる寸前《すんぜん》に、佐助は意識《いしき》を失っていた。

望月六郎《もちづきろくろう》はふと、織機《おりき》を動かす手をとめて、天井《てんじょう》を見上げた。

「どうかしたのか」

主君の幸村《ゆきむら》がたずねると、六郎は首をふって、いいえ、と答えた。

「何者かの気配を感じたのですが、気のせいだったのかもしれません。もう消えています」

「どうせ、われらは罪人《ざいにん》として監視《かんし》されているのだ。いちいち警戒《けいかい》していたら、身がもたぬ。もう少し、ゆるりとするがよい」

幸村《ゆきむら》がおだやかに笑ったので、六郎《ろくろう》は御意《ぎょい》とうなずいた。もっとも、あらためるつもりはない。自分の身を犠牲《ぎせい》にしてでも幸村と昌幸《まさゆき》を守ると、六郎は心に決めている。

真田《さなだ》家が上田《うえだ》を支配していたとき、望月《もちづき》六郎と海野《うんの》六郎は、ふたりでひとりというほどに相性がよかった。性格《せいかく》や外見はほぼ正反対だが、協力しあって真田家を支えていた。

望月六郎は色白で目が細く、うすいくちびるを引きむすんで、いつも不機嫌《ふきげん》そうな表情《ひょうじょう》をしている。よく切れる短刀のような雰囲気《ふんいき》だ。いっぽうの海野六郎は、色黒で目が大きく、愛嬌《あいきょう》のある顔立ちをしていた。陽気な性格で、誰《だれ》とでも気さくに話す。

海野六郎が海に消えてから、望月六郎はいっそう無口になった。九度山《くどやま》では幸村の右腕《みぎうで》として、佐助《さすけ》たち忍《しの》びや家臣が集めてくる情報《じょうほう》の分析《ぶんせき》にあたっている。

「そろそろ休みにしようか」

幸村がこめかみのあたりをもみながら言った。

「若殿《わかとの》様はお休みください。私《わたし》はこの束を片《かた》づけてしまいますから」

六郎《ろくろう》は侍女《じじょ》を呼《よ》んでお茶の用意を命じると、ふたたび手もとに集中する。かたかたと、小気味よい音が鳴る。

幸村《ゆきむら》たち真田《さなだ》家の主君と家臣は、真田ひもという、平たく幅《はば》の広いひもを織《お》っている。よろいやかぶとから茶道具まで、さまざまなものに使える、丈夫《じょうぶ》で美しいひもだ。これを商人を通じて売って、金をかせいでいるのである。ときには、情報収集《じょうほうしゅうしゅう》や人脈づくりをかねて、家臣が直接《ちょくせつ》売り歩くこともある。

流罪《るざい》にされた幸村たちの収入《しゅうにゅう》はかぎられており、兄の信之《のぶゆき》からの仕送りがもっとも大きい。信之は関ヶ原《せきがはら》の戦いで東軍に味方し、真田家の領土を受けついで上田藩主《うえだはんしゅ》となった。親子兄弟で東西両軍に分かれ、どちらが勝っても生き残るという真田家の戦略《せんりゃく》は成功したわけである。しかし、仕送りの金が多くなると、信之は幕府《ばくふ》ににらまれてしまう。充分《じゅうぶん》な額《がく》は送れない。

そのほかに、九度山《くどやま》村のある紀州藩《きしゅうはん》を治める浅野《あさの》家から、援助《えんじょ》を受けていた。普通《ふつう》に暮《く》らしていくだけなら、それらで足りるが、昌幸《まさゆき》と幸村は武士《ぶし》の心を失っていない。もし、幕府が豊臣《とよとみ》家を滅《ほろ》ぼそうとするなら、大坂《おおさか》に駆《か》けつけるつもりである。そのためには、軍《ぐん》資金《しきん》が必要だ。

「おおい、大殿様《おおとの》は元気か。獲物《えもの》をもってきたぞ」

返事を待たずに、体格《たいかく》のいい男が顔をのぞかせた。熊《くま》の毛皮を着た猟師《りょうし》風の男だ。白髪《しらが》まじりの髪《かみ》を伸《の》ばし、後ろでしばっているのがめずらしい。この村の顔役で、名を十蔵《じゅうぞう》という。

六郎《ろくろう》が応対《おうたい》に出ようとしたとき、部屋のすみで寝転《ねころ》んでいた大男が、むくりと起きあがった。そりあげた頭をさすりながらたずねる。

「獲物って、クマか、それともシカか?」

「今日はイノシシだ。内臓《ないぞう》は早めに食って、肉はくん製《せい》にでもするといい」

「では、今夜はイノシシ鍋《なべ》だな。酒が進みそうだ」

大男はのしのしと歩いて土間に下りてきた。十蔵がしとめたイノシシを舌《した》なめずりしてながめる。

「清海《せいかい》よ、念のために聞くが、坊主が肉を食べてもいいのか」

十蔵があきれ顔でたずねると、清海は豪快《ごうかい》に笑った。

「仏様は寛大《かんだい》でいらっしゃる。きっと許《ゆる》してくれるだろう」

「寝《ね》て食ってるだけの男に、寛大になれるのかねえ」

「おぬしの器《うつわ》では、仏様の心はわからぬわ」

仏様は寛大、というのが、三好清海《みよしせいかい》の口ぐせである。幸村《ゆきむら》の客人となって二日目には、もうその言葉を発していたと、六郎《ろくろう》は記憶《きおく》している。

清海は昨年の冬、ふらりと九度山《くどやま》村にあらわれた。「世直しの旅をしているのだが、腹《はら》が減《へ》って倒《たお》れそうだ」そう告げて、飯と宿を求めたのだった。背丈《せたけ》も横幅《よこはば》もある小山のような巨漢《きょかん》で、太い眉《まゆ》とぎょろりとした目が特徴《とくちょう》的だ。六郎は幕府《ばくふ》の間者《かんじゃ》かもしれないと疑《うたが》って追い返そうとしたが、幸村の命令を受けて、屋敷《やしき》に入れた。

それからというもの、清海はこの村にいすわっている。ただ飯を食わせるわけにはいかないと、真田《さなだ》ひもづくりをさせてみたが、指が太すぎるせいか、ひどく不器用でまったく役に立たない。畑仕事をやってはくわを折り、まき割《わ》りをやっては土台ごとばらばらにくだいてしまう。力は強いが、加減《かげん》ができないのだ。

そこで落ちこんだり、自分をせめたりしないのが、清海の長所であり、短所でもあるのだろう。以来、この巨漢《きょかん》は遠慮《えんりょ》なく、食べて寝《ね》るだけの生活を送っている。といっても、重いものを運んだりといった単純《たんじゅん》な力仕事は骨《ほね》おしみせずに手伝うし、おおらかな性格《せいかく》なので、村人からはしたわれていた。

十蔵《じゅうぞう》と清海《せいかい》は、イノシシをはさんで舌戦《ぜっせん》をくりひろげている。

「だいたい、清海はどこの寺で修行をしたのだ」

「さあな、昔のことなので忘《わす》れてしまった。重要なのはどこで修行をするかではなくて、どういう修行をするか、だからな」

「大口をたたくなら、経《きょう》のひとつも読んでみろ」

「おれくらいの高僧《こうそう》になると、経は胸《むね》のなかにある。いちいち声に出さなくても、ご利益《りやく》があるのだ」

清海は適当《てきとう》なことばかり言っているのだが、妙《みょう》な愛嬌《あいきょう》があって、相手を怒《おこ》らせない。十蔵も、こいつなら仕方ない、と苦笑している。

そこに幸村《ゆきむら》が顔を出した。十蔵が少しだけ神妙《しんみょう》な表情《ひょうじょう》をつくる。

「いつも獲物《えもの》を分けてもらってすまぬな、十蔵」

「いえ、幸村様《ゆきむらさま》には世話になってますからな。働き手を貸してくださって、村のみんなも感謝《かんしゃ》しています」

それはよかった、と幸村は微笑《ほほえ》みながら言った。

「人にはそれぞれ働き場所がある。清海《せいかい》もきっと活躍《かつやく》する場があるだろう。それが見つかるまでは、ここで休んでもらえばよい」

「それまでに食いつぶされないよう、祈《いの》ってますよ。まったく、若殿《わかとの》みずからひもをつくるほどに困《こま》っているのに、人がいいんですから」

十蔵《じゅうぞう》は言いおいて屋敷《やしき》を出て行った。六郎《ろくろう》が玄関《げんかん》の外まで見送って、去るのを確認《かくにん》する。六郎としては、いくら十蔵が親身になってくれるといっても、無条件《むじょうけん》で信頼《しんらい》することはできないのだ。

清海が真田《さなだ》家にとどまっているのは、いつか幕府《ばくふ》と戦う日のためである。この巨漢《きょかん》の僧《そう》は、家康《いえやす》にうらみを持っていて、復讐《ふくしゅう》の機会をうかがっているらしい。関ヶ原《せきがはら》の戦いの後は、徳川《とくがわ》方のとりでを奪《うば》ったり、仲間を求めて四国《しこく》や九州《きゅうしゅう》をめぐったりしていたというが、六郎は話半分に聞いている。真田家も復讐をたくらんでいると信じこんでいるから、軽はずみな発言や行動で、幸村《ゆきむら》を困《こま》らせることがないか、それが心配だ。

先ほどの幸村の発言も、清海《せいかい》を弁護《べんご》するためとはいえ、危険《きけん》にはちがいない。六郎《ろくろう》は主君に注意した。

「若殿様《わかとの》もお気をつけください。監視《かんし》の目があるとおっしゃったではありませんか。何がきっかけで処罰《しょばつ》されるかわからないのですよ」

「心得《こころえ》た」

幸村はうなずいた後で、つけくわえた。

「だが、あまり気を張らなくてもよいぞ。徳川《とくがわ》が私《わたし》たちを始末するつもりなら、理由がなくても行動に出るだろう。かえってしかけてくれたほうが都合がよいこともある」

「御意《ぎょい》にございます」

六郎は平伏《へいふく》した。幸村の言葉には一理あるが、それでも警戒《けいかい》するのが部下の役目である。

真田《さなだ》家はこれまで二度、徳川軍に勝ったことがある。いずれも少数で多数を破《やぶ》った戦いだ。徳川はそのことを忘《わす》れていないだろう。流した先で朽《く》ちはてるのを待つという消極的な戦略《せんりゃく》で、満足するだろうか。幕府《ばくふ》が成立して、少し落ちついたかに見える今の時期だからこそ、動いてくることがありうる。

頭を働かせる六郎《ろくろう》の後ろでは、清海《せいかい》がイノシシのわきにかがみこんでいる。

「裏庭《うらにわ》まで持って行ってくれ」

頼《たの》むと、清海は片手《かたて》で軽々とイノシシを持ちあげた。

3

頭から水をかけられて、佐助《さすけ》は目をさました。

「つめてっ」

叫《さけ》んで、跳《と》びすさろうとしたが、体がいうことをきかなかった。ごろりと横に転がってしまう。土とかびのにおいが鼻を刺激《しげき》した。小屋のような場所だろうか。どこからか日がさしていて、ほんのりと明るい。

太い縄《なわ》で腕《うで》ごと体をしばられ、足もかたく結ばれている。首しか動かせない佐助に、冷たい声がかかった。

「忍《しの》びとしてはまだ半人前のようだな」

「なんだと⁉」

佐助《さすけ》は言い返そうとしたが、実際《じっさい》につかまっている以上、反論《はんろん》しても説得力はない。それより、頭がはっきりしてくると、声に聞きおぼえがあるような気がしてきた。さらに、意識《いしき》を失うときの感覚にもおぼえがあった。

「顔を見せてくれ」

「思い出したのか？」

口にふくんだような笑いとともに、体を起こされた。

「久《ひさ》しぶりだな、佐助」

ほおに走る傷《きず》あとを見た瞬間《しゅんかん》、佐助の心に、初陣《ういじん》の思い出があふれた。上田城《うえだじょう》の戦いで、佐助は物見《ものみ》役をまかされていた。城《しろ》からの退却《たいきゃく》の合図を伝えて、任務は終わったはずだった。しかし、兄貴《あにき》分の又吉《またきち》が倒《たお》れたのを見て、佐助は頭に血がのぼり、救いに行こうと戦場に突《つ》っこんだ。そして殺されそうになったところを、間一髪《かんいっぱつ》で助けられたのだった。目の前の男に。

「やっぱり才蔵《さいぞう》なのか。どうして？」

霧隠《きりがくれ》才蔵はひざを軽く曲げて、佐助《さすけ》と視線《しせん》をあわせた。

「どうしてって、私《わたし》は渡《わた》りだからな。正当な報酬《ほうしゅう》をもらえれば、どんな仕事でも引き受けるさ」

才蔵の外見は昔とほとんど変わっていなかった。灰色《はいいろ》の忍《しの》び装束《しょうぞく》に長身をつつみ、体重がない影《かげ》のような雰囲気《ふんいき》でたたずんでいる。まばたきしているあいだに消えてしまいそうだ。左のほおから鼻にかけての、ぎざぎざした傷《きず》あとがなければ、目の前に立っていても人がいるとは気づかないかもしれない。

「幕府《ばくふ》のために働いているのか？」

たずねると、才蔵はあきれたようにかぶりをふった。

「おぬしも忍びなら、話せないことくらいわかるだろう」

あいかわらず未熟《みじゅく》だな、と言われたような気がして、佐助は赤面した。だが、才蔵は天《てん》井《じょう》を向いてつぶやいた。

「私《わたし》は二条城《にじょうじょう》の見張りを頼《たの》まれていた。まさか、忍《しの》びこんでくる阿呆《あほう》など、いないと思っていたがなあ」

「おれをどうするつもりだ。なぜ殺さなかった」

才蔵《さいぞう》は傷《きず》に手をやって苦笑した。

「状況《じょうきょう》を考えれば、質問《しつもん》するのは私のほうだと思うのだが……まあよい。殺さないのは、殺せという命令がなかったからだ。これからどうなるかは知らないがな」

一般《いっぱん》に、戦っている相手を殺すより、つかまえるほうがはるかに難《むずか》しい。佐助《さすけ》が生きてとらえられたのは、才蔵たちとのあいだに人数と実力の差があったからだ。

「おれは何もしゃべらないぞ」

佐助は宣言《せんげん》した。敵をとりこにするのは、交渉《こうしょう》の材料にするとか、味方につけようとするとかの理由もあるが、一番は情報《じょうほう》を得るためだ。忍びも流派《りゅうは》によっては、つかまったら自害しろ、と教えているところもある。しかし、幸村《ゆきむら》はあらかじめ死ぬな、と佐助に命じていた。情報をもらしてもいいから生きて帰ってこい、というのだ。だからといって、話すつもりはないが、生きて帰らなければならないとは思う。

「おぬしから情報《じょうほう》を引き出すのは、私《わたし》の仕事ではない」

才蔵《さいぞう》はそう言うと、引き戸をあけて小屋を出て行った。

せまい小屋にひとりで残された佐助《さすけ》は、精神《せいしん》を集中させて、まわりの気配をさぐった。見張りは三、四人のようだが、少しはなれたところにかなり大きな集団がいる。二条城《にじょうじょう》を守っていた部隊だろうか。ここは京の町のどこかだと思うが、くわしい場所はわからない。

さて、どうやって脱出《だっしゅつ》しようか。

これくらいの縄《なわ》なら、すぐに抜《ぬ》けられる。佐助はそう思って、身をよじりはじめたが、自信が消えるのに時間はかからなかった。忍《しの》びには縄抜けの術《じゅつ》があるが、それを防《ふせ》ぐ結び方もある。意識《いしき》があるうちにしばられたのなら細工もできたが、気を失っているときにしばられているので、簡単《かんたん》にはほどけない。手足がすれて皮がむけ、血がにじみはじめた。

このままつづけても、むだに体力を使うだけだ。せめて、立ちあがることができたら、別の手段《しゅだん》も考えられるが、それも難《むずか》しい。敵が尋問《じんもん》に来たときか、食事のときを狙《ねら》うしかない。

「腹《はら》が減《へ》ったなあ」

佐助《さすけ》は大きな声でひとりごとを言った。見張りに聞かせてやろうと思ったのだ。追いかけるように、腹《はら》がぐーと鳴った。腹具合からすると、気を失っていたのは半日くらいだろう。佐助は断食《だんじき》の修行もつんでいるから、三日くらいは食べなくても動けるが、食べられるものなら食べておきたい。

しばらくすると、がたりと音がして、戸が少し引かれた。すきまから手が伸《の》びて、土の上にひらたい器をおく。

「飯か？」

佐助はたずねたが、答えはなく、戸は閉《し》められた。

「しばったままにしとくなら、食わせてくれよ」

叫《さけ》ぶと、笑い声が返ってきた。しかし、戸が開いたり、話しかけてきたり、という反応《はんのう》はない。

佐助は仕方なく、イモムシのように這《は》って、器に近づいた。かすかに湯気がたっている。かゆのようだが、ほとんどが汁《しる》なので、中身が米だか麦だかわからない。

「毒入りってことがあるかな」

心のうちに問いかけ、ないだろうと結論《けつろん》を出した。殺すつもりなら、動けないところを槍《やり》でひと突《つ》きで終わりだ。わざわざ食べ物に毒を入れる理由はない。苦労して器に口をつけ、汁《しる》をすすった。ほとんど味のない麦のかゆだったが、食べないよりはましだろう。体の奥《おく》から、力がわいてくるような気がする。暗くなってきたので、眠《ねむ》ることにした。体力を回復《かいふく》させて、いざというときに備《そな》えるのだ。危機《きき》にあっても、佐助《さすけ》は落ちついており、絶対《ぜったい》に脱出《だっしゅつ》できると信じていた。

何も起こらないまま、五日がすぎた。

才蔵《さいぞう》はあれきり姿《すがた》を見せない。一日二回、薄《うす》いかゆの食事は与《あた》えられているが、尋問《じんもん》はされない。佐助の存在《そんざい》は忘《わす》れられてしまったようである。

指示《しじ》を下すべき上役《うわやく》がいそがしくて、つかまえた忍《しの》びなどにはかまっていられない。そのようなところだろうか。

佐助としては、願ったりかなったりの展開《てんかい》である。時間がたつとともに、きつくしばってあった縄《なわ》も少しずつゆるんできた。また、食事が足りていないので、手足の肉が落ちてきている。まもなく、縄抜《なわぬ》けができそうだ。

ひとつ、気がかりなことがあった。佐助《さすけ》と九度山《くどやま》の望月六郎《もちづきろくろう》とのあいだには、連絡役《れんらく》を通じて、十日に一度は動向を知らせるという約束がある。佐助にもしものことがあったとき、六郎がそれを知って、対処《たいしょ》できるようにだ。その十日目が昨日だった。早く脱出《だっしゅつ》しないと、六郎や幸村《ゆきむら》が心配するだろう。

夕方の食事が終わってから、佐助は行動を開始した。

縄の弱いところをさぐりながら、慎重《しんちょう》に手を動かし、苦闘《くとう》の末にひじを抜《ぬ》いた。突破口《とっぱこう》が開けば、あとは簡単《かんたん》だ。すぐに片手《かたて》が自由になり、上半身をしばっていた縄がほどける。つづいて、足の縄もはずして、久《ひさ》しぶりに佐助は手足を伸《の》ばした。

とんぼ返りでもしたかったが、外の見張りにさとられてはならない。静かに体を動かして、筋肉《きんにく》にそれぞれの役割《やくわり》を思い出させる。

充分《じゅうぶん》に体があたたまり、また外の気配に変わりがないのを確認《かくにん》して、佐助は引き戸の前に立った。食事が運ばれるときに観察したところでは、鍵《かぎ》はかけられていない。しばってあるからと、油断《ゆだん》したのだろうか。それとも、忍《しの》びのひとりなどどうでもいいのか。

見張りの足音が通りすぎた。指一本分だけ戸を開け、目を近づけて外の様子をうかがう。

幸いなことに、正面に月が出ていた。

月は細く、明かりは頼《たよ》りないが、夜目《よめ》がきく佐助《さすけ》にはそれで足りる。見える範囲《はんい》はまばらに木がはえた原っぱのようだ。黒々とした山の影《かげ》が前方にある。佐助は頭のなかに地図を広げ、月のかたちと位置、山の見えかたから、今いる場所を推定《すいてい》した。京の町の東のはずれだ。

見張りのすきをついて抜《ぬ》けだし、闇《やみ》にまぎれてしまえば、朝の食事まで見つからないだろう。たとえ気づかれても、才蔵《さいぞう》のような腕利《うでき》きの忍《しの》びが相手でなければ、容易《ようい》に逃《に》げきれるはずだ。

ころあいを見はからって、佐助はぎりぎり頭が出るだけのすきまを開けた。忍びは猫《ねこ》と同じで、頭さえ通れば、体も通る。

すきまから外に出た佐助は、新鮮《しんせん》な空気を胸《むね》いっぱいに吸《す》いこんだ。感動している暇《ひま》はない。すぐに体勢《たいせい》を低くして駆《か》けだす。

とがめる声はあがらなかった。

佐助《さすけ》は走りながら、鳴子《なるこ》のわなを発見して、寸前《すんぜん》で跳《と》びこえた。綱《つな》が張ってあって、足が引っかかったら、音が鳴る仕掛《しか》けである。ほかにもあるかもしれないと、速度をゆるめる。

左前方に人の気配があった。見張りだろうか。佐助は低木《ていぼく》の陰《かげ》にしゃがんで息をひそめたが、相手はさとったようだ。押《お》し殺したような声で問いかけてくる。

「誰《だれ》かいるのか？　逃《に》げだした兵《へい》か？　それとも小屋にいた忍《しの》びか？」

佐助は答えず、相手の様子をうかがった。とらえられたときに、武器《ぶき》や忍び道具はすべてとりあげられている。装束《しょうぞく》に隠《かく》していた小さな針《はり》なども奪《うば》われていて、完全な丸ごしである。素手《すで》で戦っても、おくれをとらないとは思うが、戦わないですむにこしたことはない。

見張りが近づいてくる。

佐助は地面の石をひろって投げた。石は見張りの後方のやぶに飛びこんで、がさりと音を立てる。同時に、声色《こわいろ》を使って、そのやぶから聞こえるように声を出した。

「おーい」

しかし、見張りはふりむかなかった。佐助《さすけ》に向かってまっすぐ進んでくる。歩き方からすると忍《しの》びではなさそうだが、剣《けん》の腕《うで》はたちそうだ。

佐助はもう一度、声色《こわいろ》を使った。

「誰《だれ》だ？」

見張りが立ちどまる。今度ははっきりと声をかけてきた。

「小細工はよせ。そこにいるのはわかっている」

佐助はおどろいた。見破《みやぶ》られたことにではない。その声は、先日会った黒六郎《くろろくろう》のものではないか。

思わず立ちあがっていた。

「黒六郎……いや、海野《うんの》様だろ？」

月光の下で、黒六郎らしき男は軽く首をかしげた。

「ああ、歌舞伎《かぶき》のときのやつか。たしか、佐助といったな」

「海野様は徳川《とくがわ》に寝返《ねがえ》ったのか？　それでおれを無視《むし》するのか？」

佐助が興奮《こうふん》ぎみにまくしたてると、黒六郎らしき男はのんびりと頭をかいた。その仕草も記憶《きおく》のなかの黒六郎《くろろくろう》にそっくりだ。

「おれは平次《へいじ》と呼《よ》ばれている。仕えているのは浅野《あさの》家だ」

「本当に別人なのか……」

佐助《さすけ》は肩《かた》を落とした。平次が一歩、前に出る。

「おぬしは小屋にとらわれていた忍《しの》びだな。だとすると、だまって逃《に》がすわけにはいかぬ」

佐助はひざを曲げ、かかとを浮《う》かして、いつでも走りだせる体勢《たいせい》をとった。逃げるのは難《むずか》しくないが、もう少し話を聞きたい。

「才蔵《さいぞう》はどこへ行ったんだ？　別の仕事をしているのか」

「才蔵？　誰《だれ》のことだか、さっぱりわからぬ。おれは下っぱだからな。二条城《にじょうじょう》と秀頼《ひでより》様を守るのにやとわれているだけだ」

浅野家は、九度山《くどやま》村のある紀州藩《きしゅうはん》を治めている。藩主《はんしゅ》の浅野幸長《よしなが》は関ヶ原《せきがはら》の戦いでは東軍に味方したものの、父の代から秀吉《ひでよし》に仕えていて、豊臣《とよとみ》家には恩義《おんぎ》を感じている。そのため、幕府《ばくふ》にしたがいながらも、秀頼の世話をしているのだ。そういえば、秀頼の行列には、浅野《あさの》家の旗印も見られた。

浅野家はまた、真田《さなだ》父子に対しても同情《どうじょう》しているという。佐助《さすけ》が殺されなかったのは、真田の忍《しの》びだと知っているからだろうか。いや、今ある情報《じょうほう》から、そこまでは決めつけられない。

「おれをつかまえて、どうするつもりだったんだ？」

「知らん。おれはただの見張り番だ」

この男から情報を得るのは無理だろう。佐助は質問《しつもん》の方向を変えた。

「あんた、兄弟はいないのかい？」

「さあ、知らんな」

平次の返答は予想外だった。

「知らないって、どういうことだ」

つめよると、平次は目をそらした。

「昔のことを思い出そうとすると、頭がひどく痛《いた》むんだ」

「なんだって？」

聞き返したとき、佐助《さすけ》は人の気配を感じて、その場に伏《ふ》せた。別の見張りがまわってきている。なぜか、平次《へいじ》も伏せていた。

「昔って、どれくらい前のことだい？　いつだったらおぼえているんだ？」

平次はやはり黒六郎《くろろくろう》ではないのか。佐助は思った。戦《いくさ》で頭を怪我《けが》して、自分が誰《だれ》だか忘《わす》れてしまった者がいる、と聞いたことがある。

「関ヶ原《せきがはら》はおぼえているか」

平次は顔をしかめて首をふった。

「やめてくれ。考えると頭が痛《いた》くなる」

額にあぶら汗《あせ》が浮《う》かんでおり、本当につらそうだ。

この男が黒六郎だとして、どうやったら記憶《きおく》をとりもどせるだろうか。

「なあ、会ってほしい人がいるんだ。おれといっしょに来ないか」

佐助が誘《さそ》うと、平次は不機嫌《ふきげん》そうにそっぽをむいた。

「ごめんだね。おぬしも含《ふく》めて、昔のおれを知っている人間には会いたくない。過去《かこ》を思い出そうとしても、苦しいだけなんだ。何度も試して、やっとあきらめたんだ」

「ひとりで試しただけだろ。自分で思い出すんじゃなくて、人に話してもらえばいいじゃないか」

平次《へいじ》は一瞬《いっしゅん》、目を見開いた。心を動かされたようだったが、再《ふたた》び首を横にふった。

「もう見逃《みのが》してやるから、どっかに行け」

「いやだ。六郎《ろくろう》さんを連れて帰るんだ」

佐助《さすけ》は平次の手をとろうとする。平次はふりはらったが、勢《いきお》いは弱々しい。

「昔の仲間や主君に……幸村《ゆきむら》様に会いたいと思わないのか」

平次の動きがとまった。幸村様、と口のなかでつぶやく。

佐助は地面に指で六つの銭《ぜに》を描《えが》いた。六文銭《ろくもんせん》、真田《さなだ》家の紋《もん》だ。それを見て、平次はしぼりだすように言った。

「……真田家か？　たしか九度山《くどやま》に流されているはず」

「そうだ。もうひとりの六郎さんもいるぞ。いつも不機嫌《ふきげん》そうだけど、悪い人じゃない」

「また六郎か」

平次はうつむいて、しばらくこめかみをおさえていたが、やがて顔をあげた。はじめて、佐助《さすけ》の目をまっすぐ見つめる。

「わかった。いっしょに行こう」

よし、と佐助は満面の笑みでうなずいた。

4

その日、望月六郎《もちづきろくろう》はいつにもまして機嫌《きげん》が悪そうだった。広い縁側《えんがわ》にすわり、こぶしをにぎりしめて考えにふけっている。

灰色《はいいろ》の空から、雨が落ちてきた。最初は数えられるほどだった水滴《すいてき》がまたたくまに増《ふ》えていき、庭の土を激《はげ》しくたたく。低く飛んでいた鳥たちは去り、雨音が周囲をつつみこむ。ぬれそぼった庭石を、六郎は見るともなしにながめている。細い目が、けわしい光を放っている。

「よくない知らせか」

幸村《ゆきむら》が背後《はいご》から問いかけた。六郎《ろくろう》は体ごとふりかえってかしこまる。

「はい。佐助《さすけ》からの連絡《れんらく》がとだえました」

幸村はおどろきの声を発したりはしない。かすかに眉根《まゆね》をよせただけだ。

「二条城《にじょうじょう》の会見をさぐっていたのだろうな」

「無理をするな、と言い聞かせていたのですが」

六郎の沈《しず》んだ声が、雨音にかきけされる。

「とらえられているとは考えられぬか」

「ありえないとは申しませぬが……」

「ここで想像《そうぞう》していてもはじまらぬな」

幸村は雲の向こうを見はるかすように、視線《しせん》をあげた。

「京へ上って、たしかめてくるがよい。もし、とらえられていたら、必ず救いだせ」

六郎は心を読まれたようだった。佐助を助けに行きたい気持ちは強い。だが、それ以上に、自分の役割《やくわり》をはたさなければならないと考えていた。幸村や昌幸《まさゆき》はまだしも、この屋《や》敷《しき》には幸村の奥方《おくがた》や娘《むすめ》、身の回りの世話をする侍女《じじょ》や乳母《うば》がいる。彼女《かのじょ》らを守るのは、六郎の仕事だ。

「私《わたし》がここを離《はな》れるわけにはいきません。別の者を送りましょう」

主君に対して反論《はんろん》できるのが、六郎《ろくろう》の長所だ。そしてまた、それを許《ゆる》している幸村《ゆきむら》も器《うつわ》が大きい。わがままにふるまう主君と、言いなりになる家臣の組みあわせでは、戦国の世をわたってはいけない。

だが、このときは幸村が重ねて命じた。

「ここの守りならば、心配せずともよい。いざとなれば、女たちも刀や槍《やり》をとって戦うことができる。もし、佐助《さすけ》がとらわれているなら、助けるためには、冷静な判断力《はんだんりょく》と実行力が必要になろう。それを備《そな》えているのはそなただけだ」

そこまで言われては、六郎としては受け入れるしかない。うれしい気持ちを心にしまい、だまって平伏《へいふく》した。これが黒《くろ》六郎なら、感激《かんげき》して涙《なみだ》を流すところだ。

幸村がふっとさびしそうな顔をしたのは、六郎と同じように、黒六郎のことを思い出したからかもしれない。

雨は小降《こぶ》りになっていた。六郎は雲の様子を見ながら言った。

「今夜のうちにも出発しようと思います」

「ちょっと待った」

大きな声がかかった。清海《せいかい》がのそりと縁側《えんがわ》に出てくる。

「京へ上るなら、おれも連れて行ってくれ。戦いがあるなら、役に立つぞ」

六郎《ろくろう》はすぐには返事をしなかった。清海の剛力《ごうりき》ぶりは、稽古《けいこ》で知っているが、人目を忍《しの》ぶ行動には明らかにむいていない。まず、九度山《くどやま》村を出るときに目立ちそうだし、京でもさわぎを起こしそうだ。

「今回は私《わたし》ひとりのほうが……」

断《ことわ》ろうとすると、清海が真剣《しんけん》な表情《ひょうじょう》で訴《うった》えた。

「実はおれも人さがしをしたくてな」

清海は、関ヶ原《せきがはら》の戦いがあった年に、弟と生き別れてしまったのだという。うわさは聞くので、元気でいるのはまちがいない。ただ、広い日本だから、すれちがいが多くて、なかなか会えないのだそうだ。

「なるほど、京へ行けば、手がかりが見つかるかもしれぬな」

六郎《ろくろう》は協力する気になってきた。別れた弟に会いたいという気持ちはよくわかる。生きているなら、きっと会えるだろう。

だが、つづく言葉は不吉《ふきつ》だった。

「おれは何度か京でさわぎを起こしているが、そろそろほとぼりもさめたころだと思うのだ。ただ、頭を使うのは苦手だから、よろしく頼《たの》む」

先が思いやられる。六郎は心配になったが、口には出さなかった。

幸村《ゆきむら》の許可《きょか》を得て、清海《せいかい》は六郎に同行することになった。ほかにも部下を連れて行くようすすめられたが、六郎は遠慮《えんりょ》した。中途半端《ちゅうとはんぱ》に人数が増《ふ》えても、動きにくくなる。荷物持ちは清海で充分《じゅうぶん》だし、京には連絡役《れんらく》もいるのだ。

村人に見つからないようにするため、出発は夜だ。六郎と清海が旅支度をしていると、侍女《じじょ》のひとりが思いつめたように話しかけてきた。

「望月《もちづき》様、わたくしもいっしょに行かせていただけないでしょうか」

六郎はかすかに首をかしげた。幸村の娘《むすめ》の世話をしている、かえでという若《わか》い侍女だ。年は佐助《さすけ》の二つか三つ上だろう。どうして急に京に行きたいなどと言いだしたのか。まさか、人さがしではあるまい。

清海《せいかい》が代わりに返事をした。

「遊びに行くのではないぞ。危険《きけん》な旅に、おなごは連れて行けぬ」

「でも、佐助《さすけ》が失敗したのはわたくしのせいなのです」

思いがけない告白だった。

「どういうことだ」

六郎《ろくろう》がたずねると、かえでは長いまつげを伏《ふ》せた。

「今度は手柄《てがら》をたてて、などと言ってしまったのです。それで、佐助は無理をして……。望月《もちづき》様、佐助はどうなってしまうのでしょう」

かえでは目に涙《なみだ》をためており、今にも泣きだしそうである。かえでに責任《せきにん》があるとは思えないが、自分を責《せ》める気持ちはわかる。とはいえ、さすがに連れて行くわけにはいかない。

「佐助は私《わたし》たちが必ず連れ帰る。そなたはここでよい知らせを待つがよい」

「しかし、わたくしもお役に立ちたいのです。薙刀《なぎなた》を使えますから、足手まといにはなりません」

「そうは言ってもな……」

六郎《ろくろう》はめずらしく困《こま》りはてていた。清海《せいかい》はもう自分には関係ないとばかりに、荷物をつめている。

助け船を出したのは幸村《ゆきむら》だった。

「そなたが留守《るす》にすると、娘《むすめ》たちがさびしがる。すまぬが、残ってくれ。佐助《さすけ》のことは六郎にまかせておけば安心だ」

六郎もせいいっぱいの愛想でうなずいてみせたが、かえでは男たちの想像《そうぞう》以上に思いつめていた。

「でしたら、お暇《ひま》をください。別の者をやとえばよろしいでしょう。わたくしはひとりでも京に上ります」

かえでがひと息に言い終えると、とまどいと沈黙《ちんもく》が部屋を支配した。しとしとと雨音がひびいている。

幸村は戦《いくさ》の指揮《しき》をとっているときのように、ひたいに手をあてて考えこんだ。その様子を、かえではにらむように見つめている。決意を秘《ひ》めた黒い瞳《ひとみ》が美しい。

やがて幸村《ゆきむら》は、微笑《びしょう》してたずねた。

「そなた、佐助《さすけ》を好いておるのか」

「な……！」

かえでは絶句《ぜっく》した。みるみるうちにほおが赤くそまっていく。無神経《むしんけい》な清海《せいかい》が、がははと豪快《ごうかい》に笑う。

「ちがいます！　わたくしはただ、自分が悪いと思って……」

「ならば、やはり待っているほうがよいのではないか。どこぞですれちがったら、目もあてられぬ」

はっとして、かえではまばたきをくりかえした。自分がわがままを言っていることに、ようやく気づいたようであった。

「申し訳《わけ》ございません……」

かえでは消え入りそうな声で言うと、畳《たたみ》にひたいをすりつけるように深く礼をした。

「うむ。疲《つか》れているようだから、少し休むのだ。明日からまた働いてくれ」

幸村《ゆきむら》はかえでを下がらせると、六郎《ろくろう》に目配《めくば》せをした。

「急いでくれ。これ以上、同行を求める者が出てきたらかなわぬ」

色恋《いろこい》はともかく、陽気でまっすぐな佐助《さすけ》は、真田《さなだ》家の者にも村人にも好かれている。幸村の言葉もあながち冗談《じょうだん》ではなかった。

清海《せいかい》はすでに支度を終えて、立ちあがっている。

「必ずや、佐助を連れてもどります」

六郎は短く口上《こうじょう》を述《の》べると、笠《かさ》をかぶり、蓑《みの》を背負《せお》った。清海をしたがえ、雨の中に歩きだす。

幸村は戸口まで出て、ふたりの出陣《しゅつじん》を見送った。死ぬなよ、とつぶやく声が、雨にまぎれて消えた。

徳川家康《とくがわいえやす》はこのころ、大御所《おおごしょ》と呼《よ》ばれている。将軍《しょうぐん》の位をゆずって隠居《いんきょ》した人をさす言葉だ。もっとも、家康が位をゆずったのはあくまで形式的なことで、政治《せいじ》の実権《じっけん》はなおにぎりつづけている。

「徳川《とくがわ》の世を安定させるため、まだまだわしが働かねばならぬ」

家康《いえやす》はそう考えていた。このたびの豊臣秀頼《とよとみひでより》との会見も、天下をかためるための策《さく》のひとつだった。世間に対して、秀頼が徳川家の家臣であると、主張《しゅちょう》する意図がある。さらに、実際に会って、秀頼の器量をみきわめたいという思いもあった。

「して、いかがでしたかな、太閤《たいこう》の忘《わす》れ形見《がたみ》は」

側近の本多正信《ほんだまさのぶ》が問いかけた。しわが多く、歯のほとんどが抜《ぬ》けている正信は、もごもごと話すので、まわりの人は何を言っているのかわからない。ところが、家康だけはわかって、会話が成立するのである。正信はほかの者に聞かれないために、わざと聞きとりにくく話している、といううわさもあった。

「太閤とは、ずいぶん大きさがちがったのう」

太閤は秀吉《ひでよし》のことである。背《せ》の低かった秀吉と似《に》ても似つかず、秀頼は大柄《おおがら》である。母方の血を濃《こ》く引いたのかもしれない。

「ちがうのは姿《すがた》かたちだけですかな」

家康はだまって目を閉《と》じた。まぶたの裏《うら》に、秀頼の姿《すがた》を描《えが》いたようだった。

「人は、秀頼を阿呆だと言うておる。城にこもりきりで、世の中のことを何も知らない、とな。だが、何も知らないのはどちらであろう」

家康は目を閉じたまま語る。

「いまは小さい芽でも、いずれ大樹になるやもしれぬ。こわいのは時間よの。わしが七十、あやつが十九か……」

秀頼は今の将軍である秀忠よりも若いのだ。豊かな未来を、家康はおそれている。

「豊臣家の影響力は大坂にいてこそ、だと思われますがな」

大坂城は天下無双の堅城であり、奥にある蔵には、秀吉がためこんだ大量の黄金が隠されている。場所と金、そして豊臣の名が、秀頼を支えている。そのうち、場所と金を奪ってしまえば、豊臣家自体はこわくない。

正信はここ数年、そのように主張してきた。豊臣家の領地を、大坂城のある摂津国から東北や九州にうつしてしまえばいいのだ。

「わしもそう思うておるが、国を替えるのは承知するまいよ」

家康との会見は受け入れた秀頼だが、おおやけに臣下の礼はとっていない。あくまで対等の立場を守ろうとしている。幕府《ばくふ》の命令にしたがって、秀吉《ひでよし》が築いた大坂城《おおさかじょう》を出るなどありえない。

「ならば、滅《ほろ》ぼすよりほかにありませぬな」

「うむ。本来なら、慎重《しんちょう》に事を進めたいが、時間がの……」

家康《いえやす》はみずからのたるんだほおをなでた。しわは少ないが、年相応《そうおう》にしみの多い肌《はだ》である。

大御所《おおごしょ》もあせっているのだ、と正信《まさのぶ》は思った。軍を動かさずとも、豊臣《とよとみ》家の力を奪《うば》う方法はいくらでもある。それなのに武力《ぶりょく》にこだわるのは、手っとり早いからだ。

後継者《こうけいしゃ》がもっとしっかりしていたら、家康も安心できるのだろう。だが、秀忠《ひでただ》は頼《たよ》りなく、その次の将軍《しょうぐん》はまだ決まっていない。万が一、後継者争いが起きて、それに豊臣家がからんできたら、と考えると、夜も眠《ねむ》れなくなるのだ。

「工作は私《わたし》におまかせください」

正信がもごもごと言うと、家康は太い息をついた。

「頼む。わしの目の黒いうちにな……」

せっぱつまった表情は、とても天下人《てんかびと》には見えなかった。

二 盗《ぬす》っ人《と》たち

1

猿飛佐助《さるとびさすけ》が九度山《くどやま》村に帰ってきたのは、望月六郎《もちづきろくろう》が旅立った二日後であった。互《たが》いに人目を忍《しの》ぶ旅である。行きちがってしまうのも無理はなかった。

佐助は村に近づくと、平次《へいじ》をいったん自分の隠《かく》れ家《が》に案内した。森の中につくった小屋で、雨をさけて寝《ね》られるほか、忍び道具や食料が保存《ほぞん》してある。

「ここで待っててくれ。すぐに迎《むか》えにくるから」

平次はうむ、とうなずいた。京を出てからは腹《はら》をくくったようで、過去《かこ》をさがす旅を楽しんでいた。浅野《あさの》家にやとわれるまでは、船乗りをしたり、荷物運びの人足《にんそく》をしたりして暮《く》らしていたという。仕事が長つづきしないのは、自分が何者かわからないせいかもしれない。どこにいても、自分のいるべき場所ではないと感じるのだそうだ。

佐助は、平次を連れ帰る前に、望月六郎に事情《じじょう》を話しておくつもりだった。記《き》憶《おく》のない黒六郎《くろろくろう》がいきなり姿《すがた》をあらわしたら、混乱《こんらん》するにちがいないからだ。

真田《さなだ》家の屋敷《やしき》に行くと、幸村《ゆきむら》がみずからほうきを手に庭のそうじをしていた。佐助《さすけ》は周囲にあやしい者がいないのを確認《かくにん》してから、音も立てずに庭に入った。主君の前にひざをついてあいさつする。

「佐助、ただいまもどりました」

「おお、よう無事で帰ったな」

声をはずませた幸村だが、佐助がひとりだと知ると、天をあおいだ。

「裏目《うらめ》に出てしまったか」

佐助は一瞬《いっしゅん》、きょとんとした。聞き返したかったが、他人に見られる場所で幸村と長く話すわけにはいかない。

「望月《もちづき》様に報告《ほうこく》してまいります」

身をひるがえそうとすると、幸村に引き止められた。

「待て。六郎はおらぬ。そなたをさがしに出かけてしまったのだ」

簡単《かんたん》に事情《じじょう》を説明されて、佐助は青くなった。

「ご心配おかけして、申し訳《わけ》ございません。すぐに追いかけます」

「早まるな」

幸村《ゆきむら》がするどく制止《せいし》したときには、佐助《さすけ》はすでに駆《か》けだしていた。かろうじて声がとどいて、さっと舞《ま》いもどる。

「今から行っても、同じことがくりかえされるだけだ。しばらく村にとどまって、六郎《ろくろう》の帰りを待つがよい。まず、そなたの帰りを待ちわびていた者に無事を知らせるのだ」

幸村の視線《しせん》の先には、戸口にたたずむかえでの姿《すがた》があった。佐助がそちらを向くと、かえではふいと顔をそむけて、屋敷《やしき》の奥《おく》へと引っこむ。怒《おこ》っているような様子も気になったが、それより平次《へいじ》のことが先だ。

「実は、若殿《わかとの》様に会ってほしい者がいるのです」

「ほう、どういう事情《じじょう》かな」

幸村が縁側《えんがわ》に腰《こし》かける。佐助は屋敷《やしき》に身を隠《かく》し、主君の背《せ》に向かって説明した。

黒《くろ》六郎に似た平次との出会い、才蔵《さいぞう》との再会《さいかい》にくわえ、自分の失敗と脱出《だっしゅつ》も伝える。だまって聞いていた幸村は、話が終わるとぽつりと言った。

「とにかく会ってみよう」

佐助《さすけ》は急いで隠《かく》れ家《が》にとって返した。平次《へいじ》は壁《かべ》にもたれて目を閉《と》じていたが、眠《ねむ》ってはいなかったようで、すぐに立ちあがった。

「遅《おそ》かったじゃないか」

「あ、うん、望月《もちづき》様が留守《るす》だったんだ」

佐助は道すがら、先ほどのやりとりを話してきかせた。平次はどことなく上《うわ》の空で聞いていた。

屋敷《やしき》が見えてくる。佐助は辺りを警戒《けいかい》しつつ、平次を導《みちび》きいれた。

「流罪《るざい》の身にしては、立派《りっぱ》な屋敷だな」

平次は失礼な感想をもらしつつ、畳《たたみ》をしいた部屋に入って平伏《へいふく》した。そこへ、幸村《ゆきむら》があらわれ、おだやかに話しかけた。

「顔をあげてくれ」

平次はゆっくりと顔をあげ、そのままの姿勢《しせい》でこおりついた。まるで生きたまま石にされたかのように、ぴくりとも動かない。顔は真《ま》っ青《さお》になっており、口は開いたままで、まばたきすらしない。

幸村《ゆきむら》はかすかに目をみはっただけだ。石像《せきぞう》となった平次《へいじ》を見つめて、微笑《びしょう》を浮《う》かべる。

「よく帰ってきてくれたな、六郎《ろくろう》」

平次は一度、まばたきをした。

涙《なみだ》のすじが、ほおで光った。表情《ひょうじょう》は変わらない。言葉も発しない。ただ、滝《たき》のように涙がたえまなく流れ落ちる。まるで、何かを洗《あら》いだしているようだ。

佐助《さすけ》ははらはらしながら様子を見守っていた。黒《くろ》六郎は記憶《きおく》をとりもどしたのだろうか。それとも、思い出せないのか。

佐助の胸《むね》のうちで、流れる涙が海に重なった。黒々とした海水とのどにはりつく塩からさ、そして息苦しさがよみがえってきて、顔をしかめる。黒六郎はどれほど苦しかっただろう。

「な……」

平次が何か言おうと口を動かす。だが、言葉にならない。

いったん目が閉《と》じられた。涙がとまる。

ふたたび目が開く。

表情《ひょうじょう》が一変していた。平次《へいじ》ではない。この生気にあふれた男は、まぎれもなく海野六郎《うんのろくろう》だ。

佐助《さすけ》はとびつきたい衝動《しょうどう》にかられたが、幸村《ゆきむら》の前なので、かろうじておさえた。

「長らく……長らく留守《るす》にしまして、申し訳《わけ》ございません」

黒《くろ》六郎は勢《いきお》いよく頭を下げた。幸村は一度立ちあがって、黒六郎の目の前にすわりなおした。肩《かた》に手をおいて語りかける。

「よく帰ってきてくれた。そなたがいなくなって、私《わたし》も片腕《かたうで》を失ったように感じていたのだ。そなたらがそろえば、どんな困難《こんなん》にも打ち勝てる」

「ありがとうございます」

黒六郎の目に、また涙《なみだ》があふれてきた。子どものように泣きじゃくりながら、幸村のために戦うことを誓《ちか》う。

佐助はそっと部屋を出た。ふたりの六郎と幸村との関係は、佐助が出会うよりもずっと前からつづいている。邪魔《じゃま》するべきではない、と思った。

森へもどろうと庭に出たところで、呼《よ》びとめられた。

「へまをして、つかまっていたんだって？」

かえでだった。黒髪《くろかみ》と黒い瞳《ひとみ》が美しい女性で、幸村《ゆきむら》の娘《むすめ》を相手にするときはにこやかに笑っているのだが、佐助《さすけ》に向ける視線《しせん》はいつも厳《きび》しい。佐助は気恥《きは》ずかしくなって、目をそらした。

「あ、うん、ちょっと……。でも、ちゃんと逃《に》げてきたから」

「当たり前よ。みんな心配したんだから。望月《もちづき》様は京まで行ってしまったし。気をつけてよね。危険《きけん》なまねはするな、と言われているでしょうに」

つめよられて、佐助はたじたじとなった。勇気を出して言い返す。

「わかってるけど、多少の危険は仕方ないだろ。敵のふところに飛びこまないと、得られない情報《じょうほう》もあるんだ」

「情報を手に入れても、生きて帰れなかったら意味がないでしょう。本当に馬鹿《ばか》なんだから。いつまでも子どもみたい」

そこまで言われると、佐助も腹《はら》が立つ。

「ずっと屋敷《やしき》にいて、外の世界を知らないやつに言われたくないな」

「外の世界を知らなくてもわかるくらい、佐助《さすけ》が馬鹿《ばか》なのよ」

佐助は反撃《はんげき》する言葉が見つからず、うつむいてしまった。口げんかでかえでに勝ったためしはない。

かえではさすがに言いすぎたと思ったのか、少し声を低めた。

「とにかく、みんなにお詫《わ》びしておくのよ」

どうしてそんなことをかえでに言われないといけないのだ。

佐助は返事もせずに身をひるがえした。土を蹴《け》って飛びあがり、屋根に上る。

「あ、待って」

佐助はふりむかなかった。だから、かえでの目が赤くなっているのに気づいていなかった。

「ふん、もう泣いてなんかやらないんだから」

かえではつぶやいて、そでで涙《なみだ》をぬぐった。

2

京の町のはずれに、ぞうりを売る店が一軒《けん》ある。旅人が使う丈夫《じょうぶ》なものから、幼《おさな》い娘《むすめ》がはく柄《がら》ものまで、さまざまな大きさや色のぞうりが、軒先《のきさき》につるしてある。一方、店番の年寄りはやる気がないようで、店先にむしろをしいて、いつも寝転《ねころ》んでいる。客が来ると起きだして、面倒《めんどう》くさそうに相手をするのだ。

実はこの店番、真田《さなだ》家に仕える元忍《しの》びである。足を悪くして、忍びの仕事ができなくなったため、連絡《れんらく》役として働いている。

京に入って三日目、店に顔を出した望月六郎《もちづきろくろう》は、ぞうりを一足《そく》買いもとめた。代金を払《はら》いながら、かわりはないかと無言の問いを投げかける。

連絡役の老人は眠《ねむ》そうな目をわずかに開いて、ほかに客がいないのを確認《かくにん》し、ぼそぼそと話した。

「佐助《さすけ》が九度山《くどやま》にもどった」

六郎《ろくろう》はすぐには反応《はんのう》しなかった。人目をはばかっているためだが、複雑《ふくざつ》な気持ちになったせいでもある。最悪の想像《そうぞう》もしていただけに、無事にもどってきたのは喜ばしいが、そうなると、大さわぎして出かけてきたことが気恥《きは》ずかしい。

「次の指示《しじ》は？」

六郎としては、幸村《ゆきむら》からの新しい命令がなければ帰るつもりだった。だが、老人はにやりと笑って告げた。

「しばらく帰ってこなくてもいい。清海《せいかい》の人さがしにつきあってやれ」

不本意だったが、命令は命令だ。六郎はうなずいて店を後にした。

幸村の意図はわかる。九度山を出るのは年に一、二回しかないから、外の世界を楽しんでこい、というのだろう。佐助がもどってきたなら、留守《るす》の不安もない。それでも、六郎は幸村を側で支えたいのだった。清海の弟とやらを早く見つけだして九度山に帰ろうと、足を速める。

この時点で、幸村は海野《うんの》六郎の帰還《きかん》を伝えていない。いずれ帰ったら会えるのだ。あえて急がせる必要はない、と幸村《ゆきむら》は考えている。

六郎《ろくろう》が拠点《きょてん》にしている宿にもどると、主人が話しかけてきた。

「お侍様《さむらい》、おもしろい話を聞きましたぜ」

そう言いながら、右の手のひらをさしだす。六郎はかすかに眉《まゆ》をひそめつつも、無言でその手に銭《ぜに》をにぎらせる。

主人はさっと銭をふところに入れて、語りだした。

「なんでも、彦根《ひこね》の町に盗《ぬす》っ人《と》が出たそうなんです。城《しろ》から銭を盗んで、貧《まず》しい人に配ったんだとか」

六郎の表情《ひょうじょう》を見て、主人はいやいや、と両手をふる。

「にわかには信じられないでしょうが、本当らしいですよ。今日だけで三人から聞きましたからね。義賊《ぎぞく》があらわれた、と大さわぎです。そういえば、若狭国《わかさのくに》（今の福井《ふくい》県）でもこのあいだ、似《に》たようなことがあったそうで。同じ賊かもしれませんぞ」

六郎は浪人《ろうにん》と身分をいつわっている。仕官《しかん》する大名家をさがすふりをしているのだ。宿屋の主人には、京の町やその近辺で騒動《そうどう》があったら教えてくれと伝えてあった。解決《かいけつ》して名をあげるためというのが表向きの理由だが、実際《じっさい》は佐助《さすけ》か清海《せいかい》の弟につながる情報を集めるためだ。

京へ上る道すがら、清海はぼやいていた。

「あいつはとにかく短気でな、すぐにさわぎを起こすのだ。今はどうやら、盗《ぬす》っ人《と》や追いはぎをして、幕府《ばくふ》に味方するやつらにひと泡《あわ》ふかせているらしい」

その話を頼《たよ》りに、六郎《ろくろう》は町で聞きこみをしていたのだ。これまでは手がかりは得られなかったが、ようやくおもしろそうな情報に出会えた。

彦根《ひこね》は近江国《おうみのくに》（今の滋賀《しが》県）、琵琶《びわ》湖《こ》のほとりの町だ。彦根藩《ひこねはん》十八万石を治めるのは、家康《いえやす》の信頼《しんらい》が厚《あつ》い井伊《いい》家である。先代の井伊直政《なおまさ》は徳川四天王《とくがわしてんのう》のひとりとして活躍《かつやく》していた。盗っ人が幕府に敵対しているなら、彦根を狙《ねら》うのは大いに納得《なっとく》できる。

主人に礼を言って、六郎は清海が寝泊《ねと》まりしている寺に向かった。あやしまれないよう、ふたりは京では別行動をとっている。清海は旅のあいだ、捨《す》てられた無人の寺を渡《わた》り歩いていたそうだが、京では知りあいの寺に世話になると言っていた。

教えられた寺に着くと、門の前で三人の僧《そう》が立ち話をしていた。

「もし、こちらに清海《せいかい》という僧《そう》がいるかな？」

たずねると、三人がいっせいにふりむいた。

「あなたは清海の知り合いか」

おだやかではない雰囲気《ふんいき》を察して、六郎《ろくろう》はごまかした。

「知り合いというほどではない。ちと用があるのだ」

三人の中で一番若《わか》い僧が言った。

「もしかして、借金の取り立てですか」

六郎はうんともいやとも言わずに聞き返す。

「あやつ、何かやらかしたのか」

「昼間から酒を飲んで暴《あば》れて、お堂を壊《こわ》したんです。ひどい話ですよ」

若い僧が吐《は》きすてた。年かさの僧がつづく。

「仏に仕える者として、あるまじきふるまいです。もし見つけたら、寺にもどって奉仕《ほうし》するよう伝えてください」

「それはかまわぬが、どこへ行ったかわかるのか」

三人の僧《そう》は顔を見あわせた。どうやって清海《せいかい》をさがすか、まさにそれを話しあっていたらしい。

「逃《に》げた方角はわかっています」

ひとりの僧が道を指さした。土の上に、くっきりと足跡《あしあと》が残っている。ふみかためられた道に跡をつけるのだから、よほどの巨漢《きょかん》だということだ。清海のものにまちがいない。

さらに、足跡にそって、土の塀《へい》が壊《こわ》されていた。

「杖《つえ》をふりまわして、暴《あば》れてましたからな。なんとしても、つぐないをさせなければなりません。あなたさまにもぜひ、力をお貸《か》し願いたい」

「努力しよう」

無愛想にこたえて、六郎《ろくろう》は足跡を追いかけた。表面上は冷静をたもっているが、内心では腹《はら》を立てている。さわぎを起こすのは弟ではなく、清海自身ではないか。やはり連れてくるのではなかった。真田《さなだ》家の名に傷《きず》がついたらどうするのだ。

とはいえ、ほうっておくわけにはいかない。まがりなりにも京まで同行した縁《えん》がある。つかまえて、寺に詫《わ》びをいれさせなくてはならない。

やがて足跡《あしあと》はとぎれたが、六郎《ろくろう》は迷《まよ》わなかった。酒を売る店か、飲ませる店に向かったにちがいない。通行人にたずねて、行き先を定める。

「せめて、寺の外で飲めばよかろうに」

六郎は胸《むね》のうちで文句《もんく》を言いながら、酒屋が立ちならぶ一角にたどりついた。酒づくりで有名な伏見《ふしみ》の酒を売っているのだという。通りまで酒のにおいが流れてきていて、酒が苦手な六郎はくしゃみが出そうになる。

すでに日は傾《かたむ》いており、どの店にも、一日の仕事を終えた客がならんでいる。大きな樽《たる》から瓶《かめ》や枡《ます》に酒を注《そそ》ぎ、量《はか》り売りで、商《あきな》いをしているようだ。

清海《せいかい》の巨体《きょたい》をさがす必要はなかった。大声が聞こえてくる。

「けちけちするなよ。もっともっと、あふれるくらい注いでくれてもいいだろう」

「あんたが入れるそばからこぼしてるんだよ。ほかのお客の邪魔《じゃま》だから、銭《ぜに》をおいて帰ってくれ」

「客に向かって邪魔とはなんだ」

そりあげた頭のてっぺんまで赤くして、清海が怒鳴《どな》っている。そうとう酔《よ》っ払《ぱら》っているようだ。

「あんたなんか客じゃない。四の五の言わずに、とっとと帰れ」

「なんだと、この野郎《やろう》！」

清海《せいかい》が杖《つえ》をふりあげると、周りにいた客がいっせいに散った。店の主人は頭をかかえてかがみこむ。

だが、杖がふりおろされることはなかった。あわてて駆《か》けつけた六郎《ろくろう》が、鞘《さや》に入ったままの刀で背中《せなか》を突《つ》いて、動きをとめたのだった。

「望月殿《もちづきどの》かあ。なんの用だ？」

清海は舌《した》が回っておらず、足もふらついている。六郎は鉄砲《てっぽう》が得意で、刀にはそれほど自信はないのだが、これなら太刀打《たちう》ちできそうだ。

「他人様《ひと》に迷惑《めいわく》をかけるのはやめろ。まず、その杖を捨《す》てるのだ」

「えらそうことを言うな。おれに指図できるのは伊佐《いさ》だけだ」

もしかして、三好《みよし》伊佐は兄のおもりが嫌《いや》になって、逃《に》げだしたのではなかろうな。六郎は思いつつ、一歩足をふみだした。細い目をさらに細めて、破戒僧《はかいそう》をにらむ。

清海《せいかい》はたじろいだ。焦点《しょうてん》の合わない目を左右に泳がせながら後退《こうたい》する。

はっ、という気合いの声とともに、六郎《ろくろう》は動いた。鞘《さや》におさめられた刀がするどく伸《の》びて、清海の首すじを狙《ねら》う。

清海は太い腕《うで》で払《はら》いのけようとしたが、動作がにぶい。刀は首の急所を突《つ》いて、肉にめりこんだ。

「うぐっ、ごっ」

清海はうめいて、しばらくふらふらしていたが、最後は地ひびきを立てて倒《たお》れた。野次馬《やじうま》が近づいてきて、心配そうに、またものめずらしそうに見守る。

「あんた、強いなあ」

声をかけてきた男とその連れに、六郎は手伝ってくれるよう頼《たの》んだ。道の真ん中に倒れている清海を四人がかりで持ちあげて、端《はし》に寄せる。店の主人に謝《あやま》って、酒代を払《はら》う。

どうして自分は京まで出向いて、こんなことをしているのだろう。幸村《ゆきむら》様をお守りするのが仕事なのに。

不平を胸《むね》のうちにとどめて、やるべきことをもらさずやるのが、六郎のまじめなところである。清海《せいかい》はその心を知らず、大きないびきをかいて寝《ね》ている。棒《ぼう》で毛ずねを突《つ》いて遊ぶ野《や》次馬《じうま》をひとにらみで下がらせ、六郎《ろくろう》は破《は》戒僧《かいそう》のほおをはたいた。いびきがひときわ大きくなったが、起きる気配はない。六郎は水売りを呼《よ》びとめて水を買い、頭からぶっかけた。

清海はぶるぶると顔をふって、目を開いた。

「おおっ、どこだ、ここは？　おれはどうして地べたで寝ているんだ」

六郎は答えず、冷ややかな目でながめるだけだ。清海はむくりと上半身を起こした。野次馬が逃《に》げ散っていく。

「もしかして、おれは暴《あば》れていたのか」

六郎がそっけなくうなずくと、清海は両手をほおにあててもだえた。

「またやってしまったのか……」

幼《おさな》い子であればかわいらしい仕草も、小山のような大男がすると、不気味なことこのうえない。六郎は冷たく問いかけた。

「酒での失敗をくりかえしているなら、なぜ飲むのだ」

「面目《めんぼく》ない」

清海《せいかい》は地べたに正座《せいざ》して、六郎《ろくろう》を見上げた。

「しかし、望月殿《もちづきどの》は弟みたいなことを言うのだな」

六郎はそれを無視《むし》して告げた。

「真田《さなだ》家の客でありたいと望むなら、二度と酒は飲むな」

清海はしゅんとしてうなだれた。

「酒はほどほどにするから、見捨《みす》てないでくれ。ほら、九度山《くどやま》では暴《あば》れなかっただろう。酔《よ》わなければ大丈夫《だいじょうぶ》なんだ」

「ほどほどでやめることができれば、今日のようにはならぬであろう。ここで禁酒《きんしゅ》を誓《ちか》えないのであれば、おいていくのみだ」

清海の巨体《きょたい》がひと回り縮《ちぢ》んだように思われた。ひとつ、ふたつ、みっつと数えて、六郎が立ち去ろうとすると、清海が顔をあげた。

「わかった。もう飲まない」

六郎の針《はり》のごとき視線《しせん》につらぬかれて、清海はくりかえした。

「飲まないから、見捨《みす》てないでくれ」

「二言《にごん》はなかろうな」

六郎《ろくろう》は清海《せいかい》の瞳《ひとみ》を見て、矛《ほこ》をおさめることにした。今のところは、本心から約束しているようである。

「貧乏人《びんぼうにん》に銭《ぜに》を配る盗《ぬす》っ人《と》が、彦根《ひこね》にあらわれたそうだ」

説明すると、清海は目を輝《かがや》かせた。

「伊佐《いさ》かもしれない。さっそく彦根に行こう」

「待て。その前にすべきことがあるだろう」

六郎が清海を連れていった先は、迷惑《めいわく》をかけた寺であった。

3

清海が破壊《はかい》した寺の修理費《しゅうりひ》は、六郎が代わりに払《はら》った。本来なら、自分で働いて修理させるところだが、時間がなかった。ぐずぐずしていたら、彦根《ひこね》の盗《ぬす》っ人《と》がほかの町に逃《に》げてしまう。

六郎《ろくろう》は用心のため、街道をはずれて歩くつもりだったのだが、彦根をめざす旅人が多かったので、その波にまぎれることにした。大柄《おおがら》で目立つ清海《せいかい》が先を行き、その姿《すがた》を見失わないよう、六郎がつづく。彦根の町に着いたのは二日後である。

清海が宿に入ると、六郎も少し間をおいてから、同じ宿に部屋をとった。宿の一階では食事を出しており、清海がさっそくそばを食べていた。酒は飲んでいないようだ。

六郎は店の主人に話しかけた。

「城《しろ》のほうでさわぎがあったらしいな」

「ああ、あんたもかい？」

五十がらみではげ頭の主人は、人なつっこく笑った。

「あの一件《いっけん》以来、宿は大繁盛《だいはんじょう》だよ」

盗っ人は昼間のうちに、城門《じょうもん》から堂々と侵入《しんにゅう》し、蔵《くら》から銭《ぜに》のつまった箱を盗みだしたという。そして、貧《まず》しい者が住む通りに銭をばらまいて逃げたそうだ。

それからというもの、盗《ぬす》っ人《と》が配るという金目当ての者や、つかまえて名をあげようという者、商人が警備《けいび》のためにやとった浪人《ろうにん》、さらには単なる野次馬《やじうま》まで、たくさんの人が彦根《ひこね》に集まってきている。それで、街道に人が多かったのだ。

「配るのは銭《ぜに》だけなのか」

「そうみたいだな。せっかく城《しろ》に盗《ぬす》みに入ったんだから、小判《こばん》でもとってくればいいのにな」

残念だ、と応《おう》じながら、六郎《ろくろう》は内心で舌《した》をまいていた。

盗っ人が銭を配るのには理由がある。民《たみ》が小判など持っていたら、盗まれたものだとすぐわかってしまう。使う前にとりあげられてしまうのだ。誰《だれ》もが普通《ふつう》に使っている銭なら、その心配はない。

つまり、その盗っ人は頭がまわるということだ。おそらく、貴重《きちょう》な金銀などは、自分で使うために隠《かく》しているのだろう。

「二度目の盗みは、まだ起きてないんだな」

「そりゃあそうだよ。予告は三日後の夜だからね」

予告と聞いて、六郎《ろくろう》は眉《まゆ》をひそめた。主人の説明によれば、盗《ぬす》っ人《と》は大胆《だいたん》にも、次に盗みに入る日を知らせてきたのだという。

「城《しろ》の壁《かべ》に、文《ふみ》を結んだ矢が突《つ》きささっていたんだ」

「標的も予告しているのか？」

「ああ、駿河屋《するがや》という大店《おおだな》だ。こう言ってはなんだが、あくどい商売で嫌《きら》われてる店でね」

様々な薬をあつかっているのだが、客の足もとをみて、高く売りつけているという話である。

「その駿河屋は対策《たいさく》をとっているのだろうな」

「そりゃあもう、昼も夜も蔵《くら》の前には、何人もの男が立って警戒《けいかい》してるってよ。あれじゃあ、どんなに腕《うで》のいい忍《しの》びでも、盗むのは無理だろう。普通《ふつう》に考えればな。だけど、城にまで忍びこんだやつらだから、やすやすと目的を達してしまうかもしれん」

なるほどな、と、六郎はあごをさすって考えた。盗っ人の狙《ねら》いがわかったような気がする。

そばを食べ終わった清海《せいかい》が、のそりと近づいてきた。

「おい、その駿河屋《するがや》とやらは、本当に悪いやつなのか」

清海《せいかい》の巨体《きょたい》を見あげて、主人はひるんだ。妙《みょう》に丁寧《ていねい》に答える。

「評判《ひょうばん》はよくないですね。薬は高いし、いつも金持ちなのを自慢《じまん》しているし。大きな蔵《くら》を毎年ひとつ建てるんです。いっぱいになったからと言って」

「けしからんな。おれが成敗《せいばい》してやろうか」

主人は冗談《じょうだん》ととったようで、愛想笑いを浮《う》かべた。

「いくらお坊《ぼう》さんが強くても、とても無理ですよ。駿河屋は殿様《とのさま》と仲がよいから、藩《はん》の兵士を貸《か》してもらってるらしいです」

「藩の兵士は城《しろ》への侵入《しんにゅう》を許《ゆる》した無能者《むのうもの》ぞろいではないのか」

「それもそうですねえ」

六郎《ろくろう》はわざと音を立てて、二階へとあがった。ついてこいという、清海への合図だ。しばらくして、清海が部屋にやってきた。

六郎は清海を隣《となり》にすわらせてささやいた。

「盗《ぬす》っ人《と》はおぬしの弟だと思うか」

「聞いたかぎりでは、ほぼまちがいなかろう。ああいう人を食ったやり方が好きなのだ」

ふむ、とうなずいて、六郎《ろくろう》は目を細めた。

「頭はよいのだな」

「おれよりはよいかもなあ」

「約束は守るほうか」

「義理《ぎり》がたいところはあるな」

六郎はよし、と口の中でつぶやいて、立ちあがった。盗《ぬす》っ人《と》の意図は読めたが、こちらはどう動くべきか。先回りするとして、はたして間に合うかどうか。

「時間がない。急ぐぞ」

清海《せいかい》は狐《きつね》につままれたような顔をしている。

「予告は三日後だろう。いま、伊佐《いさ》は義理がたいと言ったではないか。その日に待ち伏《ぶ》せすれば、会えるはずだ。きっと追いかけられて逃《に》げているだろうから、助けてやればいい」

「それも悪くはないが、早めに会っておきたいのでな」

不機嫌《ふきげん》そうに言って、部屋を出て行く六郎を、清海はわけのわからぬまま、あわてて追いかけた。

黒い壁《かべ》にとけこむようにして、六郎《ろくろう》は身をひそめている。清海《せいかい》はやや離《はな》れて、壁がとぎれた曲がり角に引っこんでいる。夜の闇《やみ》がふたりの姿《すがた》をおおい隠《かく》していた。

ここに来るかどうかは五分五分《ごぶごぶ》だろう。六郎はそう見つもっている。

彦根《ひこね》の町の有力な商家《しょうか》のひとつ、竹田屋《たけだや》の近くである。琵琶湖《びわこ》の漁業や水運をとりしきっていて、藩《はん》とのつながりも深い店だ。六郎は聞きこみを重ねて、この店にたどりついたのだった。

あれだけ派手《はで》に予告すれば、守りが堅《かた》くなるのは当然だ。それをくぐりぬけて盗《ぬす》むことに喜びを感じる者もいるだろう。成功すれば盗んだほうの評判《ひょうばん》は高まり、盗まれたほうは笑われる。だが、最初の彦根城《ひこねじょう》からの盗みでは、そういうやり方はしていない。ならば、予告した理由があると考えるべきだ。

本当の標的は別にあるのではないか。そう読んだ六郎は、町人に話を聞いた。駿河屋《するがや》のほかに、あくどい商売でもうけている店はないか。幕府《ばくふ》や藩と結びつきが深く、民《たみ》を苦しめている商人はいないか。

「竹田屋孫兵衛《たけだやまごべえ》のことか」

「たくさんあるけど、竹田屋かなあ」

そういう声が多かったので、六郎《ろくろう》は竹田屋に的をしぼったのだ。

あとはまわりの道を調べ、盗《ぬす》っ人《と》の気持ちになって、逃《に》げる方向を予想した。見回りの多い駿河屋《するがや》の付近をさけ、さらに銭《ぜに》を配ることを考えながらである。

六郎に意見を求められた清海《せいかい》は、にやりと笑った。

「いかにも弟の考えそうなことだ。おぬしらはよう似《に》とるわ」

六郎はじろりとにらんだだけで、何も言わなかった。清海につきあって話していると調子がくるいそうなので、いつものように、必要なことしか口にしていない。

竹田屋に盗みに入るなら、予告日の前でないと意味がない。そして、盗んだ後のことを考えると、この夜から明朝にかけてが、一番の狙《ねら》い目だ。

六郎としては、本当はひとりで待ち伏《ぶ》せしたかった。清海は明らかに、身を隠《かく》すような仕事には向いていない。しかし、伊佐《いさ》の顔がわかるのは清海だけなのだから、連れてくるしかなかった。せめて兄弟で顔が似《に》ていればいいのだが、伊佐《いさ》は清海《せいかい》とちがって華奢《きゃしゃ》で女みたいな顔をしているのだという。

しばらく隠《かく》れていると、低いうなり声が聞こえてきた。六郎《ろくろう》は緊張《きんちょう》したが、清海のいびきだと気づくのに時間はかからなかった。

「誰《だれ》のためだと思っているのだ」

六郎はむっとしつつも、清海の近くに小石を投げてやった。いびきがとまり、身を起こす音がする。

やれやれと、六郎がため息をついたとき、空気のふるえが伝わってきた。命をやりとりする戦場にいる感覚だ。足音などは聞こえないが、どこかで異変《いへん》が生じている。

六郎は刀の柄《つか》に手をかけ、様子をうかがった。

耳がかすかな音をとらえる。それがしだいに大きくなってくる。

金属がふれあう音、ばらばらと地面に落ちる音……銭《ぜに》をまいているのだ。そして、走る足音も聞こえてきた。盗《ぬす》っ人《と》はふたりだろうか。追われている気配はない。

六郎はゆっくりと道の真ん中に進みでた。正面に浮《う》かぶ月に照らされる位置だ。

盗《ぬす》っ人《と》たちが気づいて、速度をゆるめた。ふたりが左右に分かれ、六郎《ろくろう》をはさむようにして近づいてくる。

「何者だ？」

低い声の問いに、同じように低くこたえる。

「味方だ」

盗っ人たちは足をとめた。武器《ぶき》をかまえる気配がした。信用していないようだ。

「おぬしらの正体はわかっている」

六郎が告げた瞬間《しゅんかん》、月光に刃《やいば》がきらめいた。闇《やみ》を切って、旋風《せんぷう》がおそいかかってくる。

とっさに飛びのいて、六郎は刀を抜《ぬ》いた。すかさず第二撃《げき》が迫《せま》る。蛇《へび》のような攻撃《こうげき》を、六郎は刀で払《はら》おうとする。

するどい金属音が鳴った。鎌《かま》のついた鎖《くさり》が、刀にまきついている。六郎はおどろきながらも、右手に力をこめて、刀が奪《うば》われるのを防《ふせ》いだ。無理に踏《ふ》んばろうとせず、相手の動きにあわせて足を進めていく。

「ほう、それなりにやるか」

からかうようなひびきに、六郎《ろくろう》は眉《まゆ》をひそめた。相手は軽薄《けいはく》そうだが、腕《うで》は立つ。六郎の力では、まともに戦って勝てるとは思えない。

「おい、清海《せいかい》。この者たちがたずね人《びと》か？」

呼《よ》びかけると同時に、清海が巨体《きょたい》をあらわすと、鎖鎌《くさりがま》がゆるんだ。

「清海だと？」

声をあげたのは、軽薄《けいはく》なほうとは別の人影《ひとかげ》だ。女のように華奢《きゃしゃ》な体格《たいかく》だが、弱々しさは感じられない。

「おお、伊佐《いさ》、わが弟よ。やっと会えたな」

人影がくるりと背《せ》を向けた。

「大酒飲みの兄をもったおぼえはない」

「酒ならもうやめた」

それはつい数日前のことだろう。六郎は思ったが、あえて指摘《してき》はせず、もうひとりの盗《ぬす》っ人《と》にたずねた。

「味方だと言ったのに、なぜ攻撃《こうげき》してきた？」

「この状況《じょうきょう》で信用するほうがおかしいだろう」

盗《ぬす》っ人《と》は鎖鎌《くさりがま》を軽くふりまわした。鎌が目の前を通りすぎたが、動きを見切っていた六《ろく》郎《ろう》は平然としていた。盗っ人が微笑《びしょう》する。

「度胸《どきょう》はあるな。修羅場《しゅらば》もくぐっている。まあ、よしとするか」

六郎は、冷たい視線《しせん》を相手に向けた。役人に突《つ》きだしてやろうか、などとは言わず、無言で見つめる。

「そんなにかっかするなよ。ちょっと試してみただけだ。味方なら、実力を知っておかないと困《こま》るだろう」

それで許《ゆる》されると思っているのだろうか。腹《はら》を立てるというよりあきれて、六郎は目をそらした。

が、次の瞬間《しゅんかん》に、ふたりはまた目を合わせることになった。大勢《おおぜい》の人の足音や気配が近づいてくる。久《ひさ》しぶりに言いあらそっていた兄弟も、休戦して身がまえた。

「逃《に》げるぞ」

ふたりの盗っ人は同時に駆《か》けだした。六郎と清海《せいかい》も後を追う。

盗《ぬす》っ人《と》たちは袋《ふくろ》から銭《ぜに》を出しては投げ、出しては投げながら走るので、なかなか速度があがらない。

「いたぞ。こっちだ」

「銭など捨《す》てて、賊《ぞく》を追え！」

怒鳴《どな》り声が聞こえてくるが、盗っ人たちにあわてた様子はない。むしろ、わざとゆっくり走っているように思われる。

「次があるからか？」

六郎《ろくろう》が走りながら問いかけると、伊佐《いさ》が眉《まゆ》をひそめた。

「それはおぬしの考えか。誰《だれ》かに言ったか？」

「私の想像《そうぞう》だ。図星《ずぼし》だったか」

伊佐は小さく舌《した》打ちすると、ふりむいて追っ手との距離《きょり》をたしかめた。視界《しかい》ははずれていない。夜目《よめ》のきく者なら、背中《せなか》がはっきりと見えているだろう。

人家《じんか》がまばらになってきた。町の北のはずれだ。このまま街道を進めば、越前国《えちぜんのくに》（今の福井県《ふくいけん》）に達する。

ふたりの盗《ぬす》っ人《と》は最後の銭《ぜに》を投げ終え、袋《ふくろ》をからっぽにすると、全力で走りはじめた。ただ、伊佐《いさ》はときおりふりかえって、遅《おく》れがちな兄に視線《しせん》を送っている。その様子をうかがって、六郎《ろくろう》はめずらしく顔をほころばせた。どうやら、清海《せいかい》を助けたかいがあったようだ。

見られていることに気づいて、伊佐はいらだたしげに頭をふった。

「おぬしが何者か、後でゆっくりと聞かせてもらおう」

「それはこちらも同じだ」

六郎と伊佐はそれきり目を合わせず、深くなる闇《やみ》の中を北へ駆《か》けていった。

4

熊《くま》が出てきそうなほら穴《あな》の前で、四人の男が友好的とはいえない視線をかわしあっていた。はるか下に、琵琶湖《びわこ》の湖面がきらきらと光っているのが見える。山の中にある盗っ人たちの隠《かく》れ家《が》だ。

「つまり、おぬしらはただの盗《ぬす》っ人《と》ではなく、幕府打倒《ばくふだとう》の旗をかかげる義賊《ぎぞく》だというのだな」

六郎《ろくろう》が伊佐《いさ》と鎌之介《かまのすけ》を見比《みくら》べて言った。

「別に義賊と名乗っているわけではない」

伊佐はつまらなそうに返した。望月《もちづき》六郎という男のことはいささか気にくわなかった。武士《ぶし》にはちがいないのだろうが、流罪《るざい》になった真田《さなだ》家の家臣というだけで、えらそうにされる筋合《すじあ》いはない。

伊佐は戦国時代に活躍《かつやく》した三好《みよし》一族の血を引いているが、若《わか》いころに出家して僧《そう》となった。育ててもらった寺を焼かれたことから、反徳川《とくがわ》に立ちあがり、幕府方の武士や商人と戦っている。相棒《あいぼう》の由利《ゆり》鎌之介とは京の町で出会い、いったんはぐれたが、また再会《さいかい》して行動をともにしていた。

鎌之介はもともと、関ヶ原《せきがはら》の戦いで西軍に味方した大谷吉継《おおたによしつぐ》に仕えていた侍《さむらい》である。関ヶ原の戦いで裏切《うらぎ》った小早川秀秋《こばやかわひであき》を主君の仇《かたき》と狙《ねら》っていたが、仇はあっさりと死んでしまった。鎌之介《かまのすけ》は表面上、とくに喜ぶでも悔《くや》しがるでもなく、流浪《るろう》の生活を楽しんでいるようである。

この十年、ふたりは各地で様々なさわぎを起こしてきた。東海道《とうかいどう》をたどって江戸《えど》まで行ったこともあるし、薩摩国《さつまのくに》（今の鹿児島県《かごしまけん》）で桜島《さくらじま》を見物したこともある。小さなとりでを奪《うば》ったり、大名行列を混乱《こんらん》させたり、金持ちの商人を破産《はさん》させたりもした。

強きをくじき、弱きを助ける。ふたりの行動には一本の太いすじが通っているが、それを声高《こわだか》に主張《しゅちょう》したりはしない。

とくに鎌之介はそうだった。

「義賊《ぎぞく》ねえ。逆に言えば、幕府打倒《ばくふだとう》などと格好《かっこう》つけながら、やっていることはただの盗《ぬす》みって、ことになるな」

自分をおとしめるようなことを言って、からからと笑う。ほら穴《あな》についたら、真っ先に着替《きが》えて、赤と黄色の派手《はで》な着物を身にまとった鎌之介である。

「もっとも、伊佐《いさ》がわざわざ耳目《じもく》を集めることをやってきたのは、今日のこの日のためだったからなあ」

うわさが広がることで、清海《せいかい》に見つけてもらうため、という意味だ。痛《いた》いところをつかれて、伊佐《いさ》は薙刀《なぎなた》に手をかけた。

「それ以上、寝ぼけたことを言うと、斬《き》るぞ」

そこで、清海がのんびりと問う。

「せっかく再会《さいかい》できたというのに、どうしてそんなに機嫌《きげん》が悪いんだ」

再会したからだ、とは言わず、伊佐はそっぽを向いた。

「今後のことを考えている」

今ごろは彦根《ひこね》の町は大さわぎだろう。駿河屋《するがや》への予告を隠《かく》れ蓑《みの》にして、竹田屋《たけだや》を狙《ねら》うという作戦はまんまと成功した。銭《ぜに》を配っているので、町人たちは拍手《はくしゅ》を送っているはずだ。いっぽう駿河屋は、盗《ぬす》っ人《と》たちにだまされたと思い、警戒《けいかい》をゆるめるだろう。そのために、北へ逃《に》げる姿《すがた》をわざわざ見せたのだ。その油断《ゆだん》を突《つ》いて、予告どおりに盗みに入るのが、伊佐が立てた作戦の後半である。ただ、六郎《ろくろう》には見破《みやぶ》られてしまった。そのまま実行していいものだろうか。

六郎が三人の顔を順ぐりに見て言った。

「私《わたし》は九度山《くどやま》へ帰る。おぬしらのことは忘《わす》れるから、盗《ぬす》みをつづけたければ、そうするがよい。もっとも、清海《せいかい》からは立《た》て替《か》えた修理代《しゅうりだい》を返してもらわねばならぬが……」

修理代、と聞いて、伊佐《いさ》がぴくりと眉《まゆ》をはねあげた。

「まだこりずに暴《あば》れているのか」

「いや、その、あのな……」

清海が巨体《きょたい》を縮《ちぢ》ませて言《い》い訳《わけ》しようとする。それを無視《むし》して、伊佐は六郎《ろくろう》に向きなおった。六郎をこのまま帰すわけにはいかない。

「今度の仕事、おぬしも手伝ってくれ」

「盗《ぬす》っ人《と》の仲間になる気はない」

六郎の返事はにべもない。だが、その返事を予想していた伊佐は気を落とすことなく、説得をはじめた。

「これが成功すれば、清海にも分け前をやる。そうすれば、金を返せるだろう。だから、手伝ってくれ」

「先ほど盗んだものがあるはずだ。兄のために用立ててもよかろうに」

「そんなことをしても、本人のためにはならぬ。それに、ふたりで盗《ぬす》める量はたかが知れているのだ。あまり重くなると、逃《に》げられなくなるからな。四人なら、倍の金銀が運べる。いっしょに、悪徳《あくとく》商人に罰《ばつ》を与《あた》えてやろうじゃないか」

六郎《ろくろう》はあごに手をあてて目を細めた。するどい視線《しせん》が伊佐《いさ》をつらぬく。

「つまり、私《わたし》を仲間に引きこんで、口止めをしたいのだな」

やはりするどい。伊佐はにやりと笑った。

「殺そうとするよりいいだろう」

「おいおい、待て待て」

一触即発《いっしょくそくはつ》の伊佐と六郎のあいだに、清海《せいかい》が割《わ》って入った。このふたりなら、本気でやりあいかねないと思ったようだ。

「おれのために争うのはやめてくれ」

六郎にはにらまれ、伊佐には足を蹴《け》られて、清海はそりあげた頭をかいた。

と、すわりこんでいた鎌之介《かまのすけ》がいきなり口を開いた。

「なあ、おれたちも九度山《くどやま》に連れて行ってくれよ」

六郎《ろくろう》と伊佐《いさ》が同時におどろきの声をあげた。鎌之介《かまのすけ》が、まるで女をくどくときのような笑みをうかべて説明する。

「徳川《とくがわ》が憎《にく》いのは、みんな同じだろ。だったら、協力すればいい。三人だと、とりでのひとつくらいしか落とせないが、十人いれば大きな城《しろ》でも攻《せ》め落とせるだろう」

「三人も十人も変わらぬ」

伊佐が否定《ひてい》し、六郎は拒否《きょひ》した。

「悪いが、おぬしらのような流れ者を食わせる余裕《よゆう》はないのだ」

さわぎを起こされても困《こま》る、と思っているにちがいない。しかし、鎌之介は提案《ていあん》に自信があるようだった。

「軍資金《ぐんしきん》は多少あるし、二日後にはもっと増《ふ》える。まとまった金があれば、真田《さなだ》の殿様《とのさま》も心強いだろう。九度山《くどやま》に行くといっても、おれは近くの町でふらふらしてるし、ふたりの坊主《ぼうず》はどこかの寺で寝起《ねお》きする。戦《いくさ》なりもめごとなりがあったときに駆《か》けつけるんだ。迷《めい》惑《わく》はあまりかけない」

あまり、とつけるのが、鎌之介らしいところだ。

六郎《ろくろう》は今度はすぐには反論《はんろん》しなかった。不機嫌《ふきげん》そうな表情《ひょうじょう》のままだが、真剣《しんけん》に考えているようだ。仲間と資金《しきん》がほしいのはたしかなのだろう。

「次の仕事を手伝ってくれれば、おれたちの腕《うで》もわかるし、軍資金も増える。こんなうまい話はないぞ」

ここぞとばかりに言いつのる鎌之介《かまのすけ》を、伊佐《いさ》はたしなめた。

「勝手に話を進めるな。私《わたし》は真田《さなだ》家の世話になどならぬ」

「どうして？　こそ泥《どろ》はつまらん。もっと大きなことがしたいと、いつも言ってたじゃないか」

伊佐は言葉につまった。鎌之介がたたみかける。

「そのうち、豊臣《とよとみ》家がらみで戦《いくさ》が起こるかもしれん。いや、きっと起こるだろう。そのとき、どこかに仕えていれば、幕府《ばくふ》相手に派手《はで》に戦えるぞ。真田といえば、強兵で知られている。その一員となって戦えば、家康《いえやす》の首だって狙《ねら》えるぞ」

鎌之介の言っていることは正しい。伊佐は今の活動に物足りなさを感じている。小さなことでも成功すれば、わずかな満足感は得られるが、幕府にとっては痛《いた》くもかゆくもないだろう。このままむなしい抵抗《ていこう》をつづけて、何か意味があるのだろうか。

本当は豊臣《とよとみ》家に仕えるのが、家康《いえやす》打倒《だとう》の早道である。しかし、話を聞くかぎり、秀頼《ひでより》を囲む側近たちは気位ばかり高くて、気骨《きこつ》はなさそうだ。つまり、自分がちやほやされていい生活ができれば満足で、大義《たいぎ》のために立ちあがるつもりはないのだ。伊佐《いさ》たちのようなはぐれ者を受け入れるとは思えない。

真田《さなだ》家はどうか。伊佐の期待にこたえてくれるだろうか。

「よし、決まった」

突然《とつぜん》、清海《せいかい》が大声をあげた。伊佐と六郎《ろくろう》の肩《かた》に、親しげに手をおく。

「一時はどうなるかと思ったが、まるくおさまってよかった」

伊佐は兄の手をふりはらった。

「おれたちはまだ納得《なっとく》していない」

「たち？」

鎌之介《かまのすけ》が意地の悪い声をあげた。

六郎が苦笑して口を開いた。

「そこまで言うなら、九度山《くどやま》へ案内しよう。だが、私《わたし》ができるのは、幸村様《ゆきむら》に引きあわせるまでだ。それから先は、幸村様のお考えしだいになる」

「まあ、行くだけなら行ってやる。その後はお会いしてからだ」

ふたりが言ったことはよく似《に》ていた。六郎《ろくろう》と伊佐《いさ》は一瞬《いっしゅん》、視線《しせん》をあわせ、すぐにそらした。その様子を見て、鎌之介《かまのすけ》と清海《せいかい》は声をあげて笑うのだった。

予告日の夜、伊佐のもくろみどおり、駿河屋《するがや》の警備《けいび》はゆるめられていた。欲深《よくぶか》い駿河屋の主人は、竹田屋《たけだや》が標的になったのに安心し、金がもったいないと、やとっていた浪人《ろうにん》をくびにしたのである。そのとき、盗《ぬす》っ人《と》が来なかったからと言って、約束の金を値切《ねぎ》ろうとしたので、文句《もんく》が出た。

「おれたちのおかげで盗っ人がよそへ行ったんだろうが」

「そんなことは盗っ人に聞いてみないとわかりませんよ。あなたがたが手柄《てがら》をたててないのははっきりしています」

そこで浪人たちが刀を抜《ぬ》いたので、駿河屋はしぶしぶ金を払《はら》ったという。

「そういう調子らしいから、残っているやつらも本気では戦わないだろう。今回も苦労はしないですみそうだ」

鎌之介《かまのすけ》は楽観していたが、伊佐《いさ》は慎重《しんちょう》だった。

「敵に頭のまわるやつがいれば、内部にわなをしかけているだろう。油断《ゆだん》は禁物《きんもつ》だ。危険《きけん》が迫《せま》ったら、金銀は捨《す》てて逃《に》げるぞ」

駿河屋《するがや》に忍《しの》びこむのは、伊佐と鎌之介のふたりである。清海《せいかい》はお宝《たから》の運び役として、外で待機する。六郎《ろくろう》も同じく外で待つが、三人の逃亡《とうぼう》を助けるのが役割《やくわり》だ。

満月に近い月が、うっすらとかかった雲にかすんでいる。ちょうどいい具合の明るさだ。見回りの男たちが通りすぎるのを待って、三つの影《かげ》が、駿河屋の塀《へい》にとりついた。大人の身長の倍ほどはある塀だが、清海の肩《かた》に乗れば、上まで楽に手がとどく。最初に伊佐が、ついで鎌之介が上った。

伊佐は中庭に飛びおり、人の気配がないのを確認《かくにん》して、手ぶりで鎌之介を呼《よ》んだ。鎌之介が着地したときに、石をふんで音がしたが、気づいた者はいないようだ。

狙《ねら》いは一番塀に近い蔵《くら》だ。蔵の前には見張りがふたり立っている。もっとも、あくびをくりかえしており、槍《やり》を支えにしてかろうじて立っているという雰囲気《ふんいき》だ。

「私が右、鎌之介《かまのすけ》は左だ」

伊佐《いさ》は口の動きだけで指示《しじ》を送った。鎌之介が不敵《ふてき》な笑みを浮《う》かべてうなずく。

ふたりは左右に分かれ、蔵《くら》の後ろにまわりこんで、見張りの死角から近づいた。

鎌之介が鎖鎌《くさりがま》をいつもと逆に持って、手首をひるがえした。おもりの分銅《ぶんどう》が勢《いきお》いよく半円を描《えが》いて、見張りの頭部をおそう。空気がさけるような音に見張りがふりむこうとしたとき、分銅《ぶんどう》がこめかみに命中した。くぐもった悲鳴をあげて、あわれな見張りは倒《たお》れる。

もうひとりが異変《いへん》に気づいて、槍をかまえようとする。だが、背後《はいご》に忍《しの》びよった伊佐が組みつくほうが早かった。首の急所をおさえられて、こちらの見張りも気を失った。

そのまましばらく様子をうかがったが、近づいてくる者はいない。伊佐は意識《いしき》のないふたりの体を蔵にもたれさせ、遠目には眠《ねむ》っているように見せかけた。

「急ぐぞ」

ささやいて、蔵の戸を調べる。かんぬきに鎖がまかれ、鍵《かぎ》がかけられていたが、それほど頑丈《がんじょう》なものではない。

音がしないよう布《ぬの》でくるんで、鎌之介《かまのすけ》が鎌をひとふりする。にぶい音とともに、鎖《くさり》が断《た》ち切られた。

鎌之介が嬉々《きき》として、かんぬきをはずした。すべりをよくする油をたらし、戸を開けようとする。周囲を警戒《けいかい》している伊佐《いさ》がふりかえった。

「気をつけろよ」

「わかってる」

鎌之介がかまわずに戸をすべらせる。

その瞬間《しゅんかん》、かすかに風が起こった。

反射《はんしゃ》的によけた鎌之介の目の前を、矢が飛んでいく。

わながしかけてあったのだ。

「だから言っただろう」

「ちゃんとよけたじゃないか」

ふたりは小声で言いあいながら、手際《てぎわ》よくろうそくに火をともし、蔵《くら》の中をうかがった。かびくさいにおいが流れでてくる。壁《かべ》にそって、木箱がうず高く積みあげられていた。真ん中には、まだ整理されていない木箱がばらばらに転がっている。

「どれどれ」

鎌之介《かまのすけ》は手近な箱を無造作《むぞうさ》に開けた。ため息がもれる。つまっていたのは黒っぽい銭《ぜに》だ。

鎌之介はふたを閉《し》めて、次の木箱に手をかける。

「銭も配るのに必要だ」

伊佐《いさ》がその木箱をかかえて運びだした。塀《へい》ぎわにおいて綱《つな》をかけ、すぐにもどる。

鎌之介が満面の笑みで手まねきしていた。

ろうそくの炎《ほのお》を反射《はんしゃ》して、木箱から黄金色の光があふれている。

「早く閉めろ」

伊佐はするどくささやいて、次の箱にかかった。

「そっちは銭ばかりだ。箱に目印がある」

鎌之介が指摘《してき》した。金銀がつまっている箱は、正面に墨《すみ》で丸のような印がつけられているという。

ふたりはあわせて七つの箱を運びだした。箱をつみあげ、足場にして塀の上にあがる。

結びつけていた綱《つな》で箱を引きあげ、外で待つ清海《せいかい》にわたす。四つめまで作業したところで、声がひびいた。

「誰《だれ》だ!?」

「盗《ぬす》っ人《と》か!?」

笛のような音が闇《やみ》をつらぬき、提灯《ちょうちん》の明かりと足音が近づいてくる。

「ちっ、もう少しだったのに」

鎌之介《かまのすけ》は舌《した》打ちしながらも、箱を落とさない。

「もういいから、あきらめろ」

先に下りた伊佐《いさ》を無視《むし》して、鎌之介は残りの箱を引きあげようとする。最後のひとつにかかったところで、男がひとり追いついてきた。

「盗っ人め、おとなしく降参《こうさん》しろ!」

叫《さけ》びながら刀をふりかざす男に対して、鎌之介はふり子のように木箱をふった。勢《いきお》いのついた木箱を胸《むね》にぶつけられ、男は悲鳴をあげてふっとんだ。しかし、その拍子《ひょうし》に綱がはずれて、木箱は地面に落ちてしまう。

「あ、もったいない」

「おいていくぞ」

伊佐《いさ》が走りだしたので、鎌之介《かまのすけ》はしぶしぶ飛びおりた。箱を四つかかえた清海《せいかい》が先行し、箱をひとつと銭《ぜに》入りの袋《ふくろ》を持った伊佐がつづいている。

鎌之介が残った箱を持ちあげたとき、怒鳴《どな》り声がひびいた。

「いたぞ、あそこだ」

門から出てきた男たちが迫《せま》ってくる。

鎌之介は一瞬《いっしゅん》、鎖鎌《くさりがま》で迎《むか》え撃《う》とうと思ったが、考えをあらためた。六郎《ろくろう》が暇《ひま》だろうから、仕事を与《あた》えてやろう。

「おれは逃《に》げ足には自信があるんだ。追いつけるものなら、追いついてみろ」

追っ手をからかいながら、箱をかついで駆《か》けだす。

かわいた銃声《じゅうせい》がとどろいた。鎌之介がふりむくと、先頭の男がひざをおさえて倒《たお》れるところだった。六郎がどこからか、狙《ねら》い撃ったにちがいない。だが、鉄砲《てっぽう》は弾《たま》を一発ずつこめる必要があるから、つづけては撃てない。今のうちに距離《きょり》をかせがなければならない。

伊佐《いさ》の背中《せなか》が見えてきた。

「お先に」

声をかけて追い抜《ぬ》くと、伊佐も速度をあげる。ふたりとも足は速いのだが、重い箱を持っているので、追っ手がだんだん近づいてくる。三人、いや四人か。

なにか丸いものが飛んできて、背後《はいご》の地面に転がった。伊佐が六郎《ろくろう》にあずけた煙玉《けむりだま》だ。ぶつかると爆発《ばくはつ》して白い煙をあげるはずだが、音は聞こえてこないし、追っ手の反応《はんのう》もない。

「おい、不発じゃないか」

「経験《けいけん》からすると、十のうち、ひとつかふたつは不発だな」

伊佐は冷静に答えたが、額には汗《あせ》が浮《う》かんでいる。息も荒《あら》い。さらに大きな息づかいは、すぐ目の前にいる清海《せいかい》だ。もともと足が遅《おそ》いうえに、左右の肩《かた》にふたつずつ箱をかついでいるので、最初にかせいでいた距離《きょり》がなくなってしまった。

「こりゃあ、追いつかれるぞ」

鎌之介《かまのすけ》がふりかえったとき、ふたたび銃声《じゅうせい》が耳をつんざいた。しかし、倒《たお》れた者はいない。はずれたのか。

そう思った直後、煙《けむり》がわきおこった。月明かりのもとでは、闇《やみ》がむくむくとふくらんでいくように見える。

「うおっ、なんだ？」

追っ手の足がとまった。煙に包まれて、激《はげ》しいせきの音が聞こえる。何人かが煙の下に転がって這《は》いだしてきた。

「やるじゃないか」

鎌之介《かまのすけ》は軽く口笛を吹《ふ》いた。六郎《ろくろう》は不発の煙玉《けむりだま》を撃《う》ちぬいて爆発《ばくはつ》させたのである。すばらしい腕前《うでまえ》だった。

三人は追っ手を引きはなした。民家が立ちならぶ通りで、伊佐《いさ》が袋《ふくろ》の銭《ぜに》を投げはじめる。物音に気づいた人々が飛びだしてきた。我先《われさき》にと銭を拾う。それでまた、追っ手が足止めされる。

「分かれるぞ」

伊佐《いさ》が指示《しじ》を出す。十字路にさしかかって、三人は三方に散った。隠《かく》れ家《が》で合流するまで、それぞれの才覚で逃《に》げのびるのだ。六郎《ろくろう》は一番荷物が重い清海《せいかい》の援護《えんご》についた。

右の道をしばらく走ってから、鎌之介《かまのすけ》はふりかえった。

「もう追ってこないだろう」

ところが、四、五人の男たちが、口々に叫《さけ》びながら走ってくるではないか。

「どうしておれのほうに来るんだ。一番強そうなのに」

ぼやいた鎌之介だが、そのあいだにも敵は近づいてくる。あわせて五人、並《な》みの男なら、鎖鎌《くさりがま》で簡単《かんたん》にかたづけられるが、強者《つわもの》がいないともかぎらない。

「仕方ないか」

鎌之介はつぶやくと、箱から砂金《さきん》の粒《つぶ》を取りだした。ひとつかみ、追っ手に向かって投げつける。

月光を受けて、金の粒がきらめいた。とっさにとびのいた男たちは、投げられた物の正体を知って、目の色を変えた。互《たが》いにののしりながら、這《は》いつくばって、拾いあつめる。

だが、ひとりだけ、鎌之介のほうに向かってくる男がいた。

「あんたを倒《たお》せば、その箱はまるまるおれのものだ」

「いいところに気づいたが、ちょっと欲《よく》をかきすぎだな」

鎌之介《かまのすけ》は不敵に笑ったが、男の足さばきを見て、表情《ひょうじょう》をひきしめた。かなりの手練《てだ》れだ。

「おれは太田茂吉《おおたもきち》といってな。あの有名な新陰流《しんかげりゅう》を破門《はもん》された男だ」

「破門ねえ。よほど弱かったんだろうな」

鎌之介が馬鹿《ばか》にすると、太田は刀を抜《ぬ》いて半身《はんみ》でかまえた。

「その逆だ。強すぎて、最初の日に三人の兄弟子《あにでし》を斬《き》り殺してしまったのだ」

「ふん、おおかた油断《ゆだん》してるところにおそいかかったんだろうよ。そんなへっぴり腰《ごし》で人が斬れるか」

鎌之介は箱をおいて鎖鎌《くさりがま》を両手に持った。言葉とは裏腹《うらはら》に、太田の腕《うで》は認《みと》めている。楽に勝てる相手ではない。

「いまならまだ許《ゆる》してやるよ。ひざまずいて降参《こうさん》すればな」

鎌之介が挑発《ちょうはつ》すると、太田は顔を真《ま》っ赤《か》にして怒鳴《どな》った。

「望みどおり殺してやる！」

疾風《しっぷう》のごとく、刀が走る。予想をはるかにこえる速さだった。鎌之介《かまのすけ》は反射的《はんしゃてき》にとびすさって、かろうじてかわした。髪《かみ》の毛が一本、切られてはらりと落ちた。

鎖鎌《くさりがま》を体の前で回転させ、間合いをとる。ふれるだけで敵を切りさく鎌が、空中にあやしい弧《こ》を描《えが》く。

しかし、太田《おおた》はまったくおそれていなかった。無造作《むぞうさ》に踏《ふ》みこんで、刀をふりおろす。すさまじい殺気が、闇《やみ》をふるわせた。鎌之介はかわすのが精一杯《せいいっぱい》で、反撃《はんげき》ができない。

「手応《てごた》えがない。子どもの遊びかな」

太田はあざけるように笑いつつ、二度三度と斬《き》りこんでくる。速くて重い攻撃《こうげき》だ。よけるたびに後ろにさがって、鎌之介は追いつめられていく。

「どうした？　口だけか？　かかってこいよ」

太田が舌《した》なめずりして、刀を揺《ゆ》らした。攻撃《こうげき》を誘《さそ》っているのだが、誘いに乗るわけにはいかない。まちがいなく、鎖を切られてしまう。

逃《に》げたほうがいいか。鎌之介が左右に目を走らせたとき、太田が動いた。鎌之介の反応《はんのう》がわずかに遅《おく》れる。かわせない。

するどい金属音が鳴りひびいた。鎌之介《かまのすけ》は鎌の柄《え》の部分でなんとか刀を弾《はじ》いていた。だが、より体勢《たいせい》が崩《くず》れたのはこちらのほうだ。太田《おおた》は息つく間もなく攻撃《こうげき》をくりだしてくる。まずい。かわしながら、額に汗《あせ》が浮《う》いてきた。

最後の一撃《いちげき》は、もはやかわすのが不可能《ふかのう》だった。半瞬《はんしゅん》でそれをさとって、鎌之介は後ろではなく前に出た。刀がふりおろされると同時に、体当たりをくらわせる。

思わぬ行動に、太田はおどろいた。体をひねって鎌之介をかわそうとしたが、すでに遅《おそ》い。ふたりは重なって地面に倒《たお》れ、鎌之介が上になった。鎌のするどい刃《は》がぎらりと光り、太田ののどを切りさいた。

ふきあがる血をさけて、鎌之介は転がった。荒《あら》い息の下でつぶやく。

「ちっ、勝つには勝ったが、かっこ悪かったよなあ」

鏡のような月を見上げて、はっと気づいた。戦っているうちに、箱をおいたところから、ずいぶんとはなれてしまっている。

あわててはねおき、元の場所へ駆《か》けもどる。幸い、箱は無事で、鎌之介は胸《むね》をなでおろした。

5

慶長《けいちょう》十六年（西暦《せいれき》一六一一年）は再会《さいかい》の年であった。

清海《せいかい》、伊佐《いさ》、鎌之介《かまのすけ》の三人を連れて九度山《くどやま》村に帰ってきた望月六郎《もちづきろくろう》は、海野《うんの》六郎の出迎《でむか》えを受けた。

三人のことを幸村《ゆきむら》にどう説明すべきか、悩《なや》んでいた六郎は、なつかしい友の顔を見て、呆然《ぼうぜん》と立ちつくした。状況《じょうきょう》を理解《りかい》して喜ぶまで、かなりの時間が必要だった。

互《たが》いに見つめあい、一歩ずつ近づいて、無言のまま抱《だ》きあった。ふたりの目から涙《なみだ》がこぼれて、地面に池をつくった。

「すまんな、へまをして、遅《おそ》くなってしまった」

黒《くろ》六郎が言うと、六郎が切り返す。

「十年分、働いてもらうからな」

佐助《さすけ》は、ふたりの様子を目をうるませてながめていた。

「いったい、どういうことだ?」

清海《せいかい》にたずねられて、事のなりゆきを説明する。ついで、伊佐《いさ》と鎌之介《かまのすけ》を紹介《しょうかい》してもらった。

「へえ、弟と会えたのか。よかったなあ」

自分のことのように喜ぶ佐助を見て、伊佐も思わず顔をほころばせた。鎌之介は最初から人なつっこい笑みを佐助に向けている。

「忍《しの》びが仲間にいたなら、盗《ぬす》みはもっと楽だったのにな」

「忍びはそんな簡単《かんたん》な盗みはやらない。盗むなら、密書《みっしょ》とか、世にふたつとない貴重《きちょう》なお宝《たから》とかだ」

「そりゃあ、そうだな。すまん」

鎌之介は年少の佐助にすなおに謝《あやま》った。

「今度、手裏剣《しゅりけん》を教えてくれよ。代わりに鎖鎌《くさりがま》を教えるから」

「それならまかせとけ。おれも鎖鎌はおぼえたいと思ってたんだ」

鎖鎌《くさりがま》も忍《しの》びが使う武器《ぶき》のひとつである。得意とする者がまわりにいなかったので、佐助《さすけ》は初歩の扱《あつか》い方しか知らない。慣《な》れた者から習っておけば、充分《じゅうぶん》に使えるようにならなくても、鎖鎌を使う敵と戦うときに役立つだろう。

六郎《ろくろう》と黒《くろ》六郎を左右にしたがえて、幸村《ゆきむら》は伊佐《いさ》と鎌之介《かまのすけ》のあいさつを受けた。かしこまって平伏《へいふく》するふたりに、真剣《しんけん》なまなざしを注《そそ》ぐ。

「過去《かこ》に何があったかは聞かぬ。その目を見れば、おぬしらの心持ちはわかる。歓迎《かんげい》しよう」

おだやかに告げられて、鎌之介がいつものように軽い調子で約束した。

「恐縮《きょうしゅく》です。戦《いくさ》になれば、それなりに役に立ちますよ」

「戦うと決まったわけではない。幕府《ばくふ》が善政《ぜんせい》をおこない、豊臣《とよとみ》家に敬意《けいい》を払《はら》うなら、我《われ》らは手を出さぬ。それでもよいか」

「かまいません。そのときはそのときで、おれたちは好きにやります」

幸村は苦笑してうなずき、伊佐に目を向けた。

「おぬしはどうだ。言いたいことがあれば、言うがよい」

伊佐《いさ》はゆっくりと顔をあげた。白い秀麗《しゅうれい》なほおが、かすかに紅潮《こうちょう》している。

「私《わたし》は無条件《むじょうけん》で忠誠《ちゅうせい》を誓《ちか》うつもりはありません」

六郎《ろくろう》が眉《まゆ》をひそめて、伊佐を見やった。あるかなきかの殺気がただよって、場を緊張《きんちょう》させる。幸村《ゆきむら》になだめるような視線《しせん》を送られて、六郎は浮《う》かしていた腰《こし》を落とした。

「私は見てのとおりの流罪《るざい》の身だ。望みのものを与《あた》えられるかどうかはわからぬな」

幸村の口調はわずかに笑いを含《ふく》んでいるようだった。問いかけようとする鎌之介《かまのすけ》を制《せい》して、伊佐は言った。

「失礼ながら、あなた様が忠誠《ちゅうせい》に値《あたい》するお方とわかれば、命を賭《か》けてお仕えいたす」

「ひかえろ!」

六郎がするどい声を発したが、伊佐はひるまなかった。

「主君が臣下を選べるのと同じように、臣下も主君を選べるべきです」

「無礼にもほどがあるぞ」

六郎は膝立《ひざだ》ちして、刀を抜《ぬ》きかねない勢《いきお》いである。反対側から、黒《くろ》六郎がのんびりとした声をかけた。

「まあ、道理ではある。選ばせてやろうではないか」

「そのような勝手は許《ゆる》されぬ」

ふたりは言い合いをはじめそうになったが、幸村《ゆきむら》に遠慮《えんりょ》して、それ以上はつづけなかった。伊佐《いさ》があらためて口を開く。

「私《わたし》はこれからも、幕府打倒《ばくふだとう》のために働きます。それが結果的に、真田《さなだ》家の役に立つこともありましょう」

「うむ、私も選ばれるよう努力するとしよう」

伊佐はたしかに無礼なことを言っているのだが、幸村は怒《おこ》らなかった。それも当然だと、認《みと》めているかのようである。その態度《たいど》を見て、伊佐は心の中で感心している。幸村は普通《ふつう》の大名とはちがう。

幸村と六郎《ろくろう》たちが奥《おく》へ引っこむと、鎌之介《かまのすけ》が笑いかけた。

「あいかわらず、伊佐はすなおじゃないな」

ふん、とそっぽを向いた伊佐だが、ほおがゆるみそうになっている。もしかしたら、六郎の気持ちがわかるようになるかもしれない。そう思っていた。

かくして、佐助《さすけ》たちには心強い仲間が増《ふ》えた。もっとも、九度山《くどやま》の屋敷《やしき》に大勢《おおぜい》の者がいてはあやしまれるから、伊佐《いさ》と清海《せいかい》は近くの寺へ、鎌之介《かまのすけ》は町へとすぐに出立《しゅったつ》する。この三人は一カ所に落ちつける性格《せいかく》ではないので、今後は旅をしながら情報《じょうほう》を集め、いざというときに集合することになるだろう。

三人が屋敷を後にした日の夕方、いれかわるようにして、十蔵《じゅうぞう》が顔を出した。

「今年も鮎《あゆ》の季節がやってきたぞ」

腰《こし》にさげたびくの中に、十匹《ぴき》あまりの鮎がはねている。網《あみ》でとるのではなく、釣《つ》ったものだから活《い》きがいいのだという。

望月六郎《もちづきろくろう》が応対《おうたい》に出ると、十蔵は首をかしげた。

「帰ってきたのか。どこに行っていたんだ？」

六郎は何食わぬ顔で答える。

「京までだ。真田《さなだ》ひもの商売で、いざこざがあってな」

「大変だな。最近、人の出入りが多いのもその関係か」

「いや、それはまた別だ」

六郎《ろくろう》は警戒心《けいかいしん》を表面には出さず、淡々《たんたん》と説明した。

「上田《うえだ》から様子を見に来たのがひとりいて、あとは清海《せいかい》を弟が迎《むか》えに来たというだけだ」

「すると、あの破戒僧《はかいそう》はどこかへ行ってしまったのか」

「幸いなことにな。あれだけ食うやつを養うのは、私《わたし》たちのかせぎでは無理だ」

「ちがいない。だが、すこしさびしいな」

十蔵《じゅうぞう》が帰っていくのを、黒《くろ》六郎が柱の陰《かげ》で見送っていた。

「あれは間者《かんじゃ》ではないのか？」

たずねられて、六郎は小さくうなずいた。十蔵はおそらく、幕府《ばくふ》もしくは紀州藩《きしゅうはん》に命じられて、真田《さなだ》家を監視《かんし》している間者だ。

「放っておいていいのか」

「ひとり排除《はいじょ》しても、また新たな者が来るだけだ」

なるほど、と黒六郎は納得《なっとく》し、別の問いを発した。

「おれはここにいてもいいのか」

六郎《ろくろう》はわずかな間をおいて答えた。

「ほかに居場所《いばしょ》はなかろう」

黒《くろ》六郎は安心したように笑った。

「居場所か……」

真顔にもどってつぶやく。

「生きる場所があるってことはいいことだ。きっと、近くに死に場所もあるにちがいない」

「縁起《えんぎ》でもない」

九死に一生を得たというのに、何を言うのか。そう非難《ひなん》する六郎に、黒六郎は言いかえした。

「ばか野郎《やろう》。武士《ぶし》は死に場所をさがして生きているようなものだ」

「それもそうか」

主君のため、お家《いえ》のために死ねるなら本望だ。六郎はもちろん、そう思っている。だが、黒六郎はそうしたことを口に出す男ではなかった。それが好ましい変化なのかどうかはわからない。ただ、別れていた時の重みを感じていた。

再会《さいかい》があれば、永遠《えいえん》の別れもある。六月になって、幸村《ゆきむら》の父である昌幸《まさゆき》が倒《たお》れた。厠《かわや》に立った時にいきなり気を失い、そのまま寝《ね》こんでしまったのである。紀州藩《きしゅうはん》から送られてきた医師《いし》が、回復《かいふく》の見こみはないと告げた。

「残念ですが、もうお目覚めになることはなかろうと思われます」

「そうか。ご苦労であった」

幸村は取り乱《みだ》すことなく、医師に礼を言って下がらせた。

昌幸の枕《まくら》もとに集まっているのは、幸村ら家族のほか、ふたりの六郎《ろくろう》をはじめとする少数の家臣である。

倒れたのは突然《とつぜん》だが、昌幸は寿命《じゅみょう》が尽《つ》きかけているのをさとっていたのかもしれない。近頃《ちかごろ》は幸村とふたりきりで話しこむことが多かった。幕府《ばくふ》と戦うための戦略《せんりゃく》を託《たく》したのだと、六郎たちは思っていた。

ふいに、昌幸が目を見開いた。家臣たちはおどろいたが、幸村は落ちついていた。

「おかげんはいかがですか、父上」

昌幸は天井《てんじょう》を見つめたまま、かすれ声で命じた。

「地図をもて」

六郎《ろくろう》がすばやく立ちあがった。たずさえてきたのは、大坂城《おおさかじょう》を中心とする、東海《とうかい》から中《ちゅう》国四国《ごくしこく》までの地図である。

「起こしてくれ」

黒《くろ》六郎が背中《せなか》を支えて、上半身を起こした。昌幸《まさゆき》は体に力が入らないようで、ぐったりとしている。それでも、最後に言い残したいことがあるのだ。

地図には、主な城《しろ》と城主《じょうしゅ》の名前が記してある。幕府《ばくふ》に忠実《ちゅうじつ》な大名の城を、昌幸はひとつずつ指さした。

「大坂《おおさか》は包囲されておる。戦《いくさ》はまちがいなく起こる」

幕府《ばくふ》は明らかに豊臣《とよとみ》家を敵と考え、戦に備《そな》えて大名を配置しているのだ。それだけ、豊臣家をおそれている。

「秀頼《ひでより》様を助け、家康《いえやす》を討《う》つのだ」

はっきりとは見えぬ目を幸村《ゆきむら》に向けて、昌幸は告げた。幸村が力強く答える。

「御意《ぎょい》にございます」

真田《さなだ》家は徳川《とくがわ》に負けたことがない。たとえどれだけの兵力差があろうと、真田の武勇《ぶゆう》と知略《ちりゃく》は、幕府《ばくふ》の将兵《しょうへい》をふるえあがらせるだろう。

「だが、城《しろ》にこもってはならぬぞ。敵軍《てきぐん》がそろうまでに、野戦で打ち破《やぶ》るのだ。そなたなら、必ずできる」

「はっ、心得《こころえ》ました」

大きな声ではっきりと、幸村《ゆきむら》は返事をする。それは何度もくりかえしていたやりとりのようだった。

「頼《たの》むぞ」

言い終えると、昌幸《まさゆき》は満足そうに目を閉《と》じた。

背中《せなか》を支えていた黒六郎《くろろくろう》は、昌幸の体をもとどおりに寝《ね》かせた。幸村が父の脈をとり、首を横にふった。

「父上は旅立たれた」

かたわらの女性たちから、すすり泣きの声がもれた。

幸村《ゆきむら》はしばし目を閉じて、祈《いの》りをささげた。やがて目を開け、家臣たちをゆっくりと見わたして告げる。

「遺言《ゆいごん》を果たすため、私《わたし》は精一杯《せいいっぱい》つくすつもりだ。みなも力を貸《か》してほしい」

「もちろんです」

黒六郎《くろろくろう》が大声で宣言《せんげん》し、六郎は静かにうなずいた。

真田昌幸《さなだまさゆき》は六十五歳《さい》で亡《な》くなった。戦国きっての智将《ちしょう》は、関ヶ原《せきがはら》の戦い以後、戦場に立つことなく、世を去ったのであった。

幸村はただちに父の死を兄の信之《のぶゆき》に知らせた。紀州藩《きしゅうはん》の浅野《あさの》家にも報告《ほうこく》した。浅野家は幕府《ばくふ》に知らせるだろうが、幸村にとってはそのほうが都合がよい。幕府が警戒《けいかい》しているのはあくまで昌幸であって、幸村はその息子でしかなかった。昌幸の死で油断《ゆだん》してくれれば、今後の活動がしやすくなる。

流罪《るざい》の身だから、派手《はで》な葬式《そうしき》はできない。幸村らは質素《しっそ》な式で、昌幸をとむらった。信之からは、なつかしい人物が使者として送られてきた。

佐助《さすけ》と黒六郎とともに、密書《みっしょ》をとどける旅をした穴山小助《あなやまこすけ》である。小助は信之に仕えていたので、その後は信之《のぶゆき》の城《しろ》がある沼田《ぬまた》に残っていた。

「海野殿《うんのどの》に望月《もちづき》殿、それから佐助《さすけ》殿、お久《ひさ》しぶりでござる」

太い眉《まゆ》とにぎりめしのような顔はあのときのままだ。穴山小助《あなやまこすけ》は微笑《ほほえ》む寸前《すんぜん》で、表情《ひょうじょう》をひきしめた。葬式《そうしき》に来ているのだから、笑顔で再会《さいかい》を喜ぶわけにはいかない。

「お互《たが》いに、生きててよかったな」

黒六郎《くろろくろう》が背《せ》の低い小助の肩《かた》を抱《だ》いた。

「海野殿は人魚に助けてもらったのでござるか」

「おうよ、美人だったから、別れがつらくてな。いつのまにか、十年もたってしまっていた」

まじめな小助が冗談《じょうだん》を言って、黒六郎がそれに応《おう》じている。六郎は冷たい目を向けているが、佐助はおもしろくなって会話にくわわった。

「おれたちが苦労してるあいだに、人魚と遊んでたのか？」

「そういうことだな。だけど、食い物は魚ばかりだからな。さすがに飽《あ》きてもどってきたというわけだ」

「そこまでにしておけ」

六郎《ろくろう》がひと言で話を終わらせ、小助《こすけ》にたずねた。

「信之《のぶゆき》様は、将来《しょうらい》の見通しについて、何かおっしゃっていたか」

「うむ。書状には書けぬことゆえ、それがしがじかに幸村《ゆきむら》様に申しあげる」

証拠《しょうこ》を残してはならないから、使者が派遣《はけん》されたのだ。

幸村に会った小助は、平伏《へいふく》して伝えた。

「沼田《ぬまた》のことは気にせず、好きに生きるがよい。そのように信之様は仰《おお》せでござる」

「兄上らしいな」

幸村はわずかに口もとをゆるめた。兄弟は遠く離《はな》れていても、そして異《こと》なる陣営《じんえい》に属していても、心は通じあっているようだ。

「もうひとつ。もし、戦場で出会うようなことがあれば、今度は全力で戦うとのことでござる」

六郎と黒《くろ》六郎は顔を見あわせたが、幸村はどことなくうれしそうだった。

「あいわかった。楽しみにしている、と兄上に伝えてくれ」

「それはできませぬ」

この返答には、幸村《ゆきむら》もさすがにおどろいた。まさか、冗談《じょうだん》とも思えない。目で理由をたずねると、小助《こすけ》はつながった眉《まゆ》に力をこめて答えた。

「それがしは、帰ってくるな、との命令を受け申した」

「つまり、ここに残って、私《わたし》たちと行動をともにする、ということか」

「さようでござる」

幸村はおだやかにうなずいた。

「兄上からの贈《おく》り物《もの》、たしかに受けとった」

弓術《きゅうじゅつ》や体術にすぐれた小助は、心強い味方になるだろう。話を聞いた佐助《さすけ》は、喜びのあまり小助の背中《せなか》を強くたたきすぎて、顔をしかめられてしまった。あわてて謝《あやま》り、苦笑で許《ゆる》してもらう。

「それにしても、今年はなつかしい顔に会える年だな」

決して偶然《ぐうぜん》ではない。何かの予兆だとしか思えなかった。

この年、家康《いえやす》と秀頼《ひでより》が対面を果たした。

その結果をもって、歴史が動きだそうとしている。そのうねりを、佐助《さすけ》たちは肌《はだ》で感じているのであった。

三
海《かい》賊《ぞく》の宝《たから》をさがせ

1

初夏の日差しが九度山村《くどやま》にやわらかく降《ふ》りそそいでいる。人の世界はさわがしいが、緑したたる森は静かである。

ただ、それは嵐《あらし》の前の静けさというものなのかもしれない。こもれびの下では、幕府《ばくふ》の転覆《てんぷく》をはかる者たちが顔をつきあわせて密談《みつだん》している。

おもしろい話を仕入れてきたのは、由利鎌之介《ゆりかまのすけ》である。

「大坂《おおさか》の茶屋の娘《むすめ》に聞いたんだけどな、瀬戸内海《せとないかい》のどこかの島に、海賊《かいぞく》の宝《たから》が眠《ねむ》ってるらしい」

「ばかばかしい」

三好伊佐《みよしいさ》が一言のもとに切り捨《す》てた。

九度山村にほど近い森のかたすみに、六人の仲間が集まっていた。鎌之介と伊佐のほかに、猿飛佐助《さるとびさすけ》、三好清海《みよしせいかい》、海野六郎《うんのろくろう》、穴山小助《あなやまこすけ》である。望月六郎《もちづき》は真田屋敷《さなだやしき》に残って、幸《ゆき》村《むら》の側にひかえている。

鎌之介《かまのすけ》はいつものように、あざやかな赤と黄色の小袖《こそで》を身にまとっていた。幕府打倒《ばくふだとう》をめざす者たちは人目についてはいけないはずだが、地味な着物を着るという考えは鎌之介にはない。いざというときは着物を脱《ぬ》げばいい、くらいに思っている。

「たしかに、すなおに信じられる話ではないな」

黒《くろ》六郎こと海野六郎が、伊佐に同意した。

「おいおい、人魚に助けられたやつが、なんで信じないんだよ」

鎌之介が不満たっぷりに口をとがらせる。

黒六郎としては、望月六郎がいないときは自分がまとめ役をつとめなければならない、という思いがある。悪ふざけにつきあうわけにはいかない。

「信じるか信じないかは、くわしい話を聞いてからでよかろう」

小助が進行役を買ってでて、鎌之介をうながした。

「ああ、肌《はだ》が白くてうなじが色っぽい娘《むすめ》でな……」

視線《しせん》の槍《やり》がいっせいに向けられても、鎌之介《かまのすけ》は動じなかった。

「娘《むすめ》の話ではござらん」

小助《こすけ》が注意しなければ、そのまま話をつづけていたかもしれない。鎌之介はしぶしぶ本題に入った。

「讃岐国《さぬきのくに》（今の香川県《かがわ》）の北に、小島がたくさんあるだろう。あのあたりは昔から海賊《かいぞく》が根城《ねじろ》にしていたんだ。今は幕府《ばくふ》にしたがっているらしいんだが、本流からはずれた勢力《せいりょく》がいてな」

関ヶ原《せきがはら》の戦いの後も変わらず豊臣家《とよとみ》に味方しようとした者たちは、内部の争いに敗れて散り散りになったが、落ちのびる前に金銀財宝《ざいほう》を隠《かく》したのだという。いつか、豊臣家を助けて幕府を倒《たお》す。その日のための軍資金《ぐんしきん》だ。瀬戸内海《せとないかい》に浮《う》かぶたくさんの小島、そのひとつに隠されているのだそうだ。

「どこの島に隠されているか、わかるのかな」

清海《せいかい》がたずねた。興味《きょうみ》が出てきたようだ。

「それがわかれば、残った海賊どもがもう手に入れてるだろう。そもそも、そんなうわさが流れているのがおかしい。宝《たから》を隠《かく》したら、秘密《ひみつ》にするものだ」

伊佐《いさ》がきっぱりと否定《ひてい》した。この話は終わり、とばかりに立ちあがる。鎌之介《かまのすけ》が腕《うで》をつかんで引きとめた。

「最後まで聞けよ。実は、島の地図の隠し場所がわかってるんだ」

「本当か？」

黒六郎《くろろくろう》が疑《うたが》いの視線《しせん》を向ける。鎌之介は自信満々で答えた。

「娘《むすめ》から聞いた。播磨国《はりまのくに》（今の兵庫《ひょうご》県）にある聖恩寺《せいおんじ》という寺だ。打ち捨《す》てられて、今は無人になっているらしい」

黒六郎は眉《まゆ》につばをつけるまねをした。信用できないということだ。

「どうして茶屋の娘がそんなことを知っているのか。もし、誰《だれ》でも知っているほどにうわさが広まっているなら、もう宝は見つけられているだろう」

「その娘は海賊《かいぞく》の島で生まれたと言っていたな。仲良くなったから、特別に教える気になったんじゃないか」

「寺に行ってみればいい。そうすれば、本当かどうかわかるだろう」

清海《せいかい》が主張《しゅちょう》した。太い声に勇気づけられて、鎌之介《かまのすけ》が一同を見渡《みわた》す。

「そうだそうだ。船を仕立てて島をさがすのは大事《おおごと》だが、捨《す》てられた寺に行くくらいは大した手間じゃない。そこで何も見つからなければ、おれだってあきらめる。あれこれ考えるより、まずは行動だ。なあ、佐助《さすけ》もそう思うだろ」

いきなり問われて、佐助はまごついた。

「あ、うん、まあね」

あいまいに答えると、鎌之介が首をかしげた。

「どうした？　佐助なら真っ先に食いつくかと思ったが……。腹《はら》でも痛《いた》いのか」

「そんなんじゃない」

佐助はそっぽを向いた。好奇心旺盛《こうきしんおうせい》な佐助だから、いつもなら目の色を変えて賛成《さんせい》するところだ。しかし、この日はそういう気分ではなかった。

ここに来る前に、鎌之介がかえでになれなれしく話しかけているのを見た。かえでは誘《さそ》いを断《ことわ》っているようだったが、笑顔だった。佐助はなんとなくむっとしたが、理由は自分でもよくわからない。

鎌之介《かまのすけ》やかえでに腹《はら》を立てているというより、もやもやとする自分にいらだっている。鎌之介の話の内容《ないよう》は、あまり頭に入っていなかった。

「とめられてもおれは播磨《はりま》に行くぞ。ついてきたいやつだけ、ついてくればいい」

鎌之介が宣言《せんげん》して、同行者をつのった。

「もちろん行かせてもらう」

「お目付《めつけ》役が必要だろうな」

清海《せいかい》と黒六郎《くろろくろう》が手をあげた。伊佐《いさ》と小助《こすけ》は首を横にふった。

「佐助《さすけ》はどうするんだ」

黒六郎にたずねられて、佐助は顔をあげた。

「おれはほかの仕事もあるから……」

断《ことわ》ると、黒六郎は意味ありげに微笑《びしょう》したが、口に出しては何も言わなかった。

「どうせ無駄足《むだあし》だろうが、せめてみやげは買ってこいよ」

伊佐の言葉に見送られて、三人は出発した。

六日後、一行は予定どおりに九度山《くどやま》に帰ってきた。

「みやげは?」

皮肉っぽくたずねる伊佐《いさ》に、鎌之介《かまのすけ》が無言で巻紙《まきがみ》をつきつける。

「手がこんでるな」

つぶやきながら巻紙を開いた伊佐の手がとまった。

「これは本物なのか?」

伊佐が見つめているのは、瀬戸《せと》の海を描《えが》いた地図だった。いくつかの島のうち、ひとつに印がつけてある。「蔵島《くらじま》」と書かれていた。

「本物かどうかは知らないが、教えられた寺で見つけたのはたしかだ。箱に入れられて、古井戸《ふるいど》に隠《かく》されていた」

黒六郎《くろろくろう》が答えた。

「けっこう苦労したんだぞ。あちこち石をひっくりかえしたり、重い井戸のふたを持ちあげたりして、やっと見つけたんだ」

これは清海《せいかい》の発言である。怪力《かいりき》がさぞ役に立ったことだろう。

「おれが言ったとおりだったろう。さあ、今度はみんなで行こうぜ」

おう、とこぶしを突《つ》きあげたのは、佐助《さすけ》だけだった。伊佐《いさ》と小助《こすけ》は顔を見あわせて、首を横にふった。

「話ができすぎている。これはわなだ」

伊佐が断定《だんてい》すると、鎌之介《かまのすけ》がため息をついた。

「頑固《がんこ》なやつだな。誰《だれ》が何の目的で、こんな手のこんだわなをしかけるんだ」

「さあな。とにかく、この件《けん》は忘《わす》れたほうがいい。宝《たから》なんてあるはずがない」

「じゃあ、留守番《るすばん》してろよ。おれは行くぞ」

伊佐は鎌之介を無視《むし》して、黒六郎《くろろくろう》に問いかけた。

「おぬしの考えは？　わなとわかっていても行くのか？」

黒六郎は眉《まゆ》のあたりをかきながら答える。

「十に九までわなだとしても、行く価値《かち》はあると思う。金はいくらあってもいいし、おれたちに失うものはないからな」

戦《いくさ》をするには金がかかる。とくに、鉄砲《てっぽう》や弾薬《だんやく》は高価で、真田《さなだ》ひもを編んでいるだけでは、なかなか買えなかった。鉄砲《てっぽう》は戦《いくさ》の勝敗を大きく左右する武器《ぶき》だから、なるべく多くそろえておきたいと、幸村《ゆきむら》は考えている。ゆえに、黒六郎《くろろくろう》は金をかせぐことに熱心だ。

いっぽうの伊佐《いさ》は、そもそも正面きっての戦という手段《しゅだん》に反対だった。九度山《くどやま》に来てから、家康《いえやす》の暗殺や大名行列の襲撃《しゅうげき》など、いくつもの作戦案を出しては、望月《もちづき》六郎に却下《きゃっか》されている。

「暗殺に成功しても、世の中は変わらぬし、真田《さなだ》の名もあがらぬ。戦場で打ち倒《たお》してこそ、意味があるのだ」

六郎はそう主張《しゅちょう》した。それが正しい道であることは伊佐もわかっている。だが、その道はあまりにけわしく、細いものではないか。戦になるとしたら、家康は大軍をひきいてくるだろうし、おそらく前線には出てこない。はたして、首をとる機会があるだろうか。

最初に家康を殺してしまえば、幕府《ばくふ》は混乱《こんらん》するし、裏切《うらぎ》る大名も出てくるはずだ。そこで戦にもちこめば、こちらが有利に戦える。順序《じゅんじょ》が逆になっても、最終的に勝てば、目的は達成できるのではないか。

伊佐《いさ》はそうした考えを六郎《ろくろう》にぶつけたが、説得はできなかった。

「どんなにけわしい道であっても、そこに道があるなら、歩むだけだ。真田《さなだ》の名を背負《せお》って、非道《ひどう》なまねはできぬ」

「望月殿《もちづきどの》の気持ちはわかるが、現実《げんじつ》はどうか。気持ちだけでは戦えぬ。正しい道を行けば金や兵がわいてでてくるわけではないのだから、少人数でもできることを考えるべきではないか」

「ならぬ。勝てばいいというものではないのだ。目的のために手段《しゅだん》を選ばない、ということなら、徳川《とくがわ》と変わらぬ」

ふたりの議論《ぎろん》はまじわることがなかった。伊佐は納得《なっとく》できず、幸村《ゆきむら》に直接訴《ちょくせつうった》えたが、さとされただけだった。

「おぬしの言うことはわかるが、今はまだ耐《た》える時期なのだ。いずれ、行動を起こすときがくる。それまでは辛抱《しんぼう》してくれ」

幸村のおだやかな語り口には、人を自然としたがわせる力がある。ついうなずいてしまいそうだったが、伊佐はふみとどまって意見を述《の》べた。

「お言葉ですが、今の状況《じょうきょう》で戦《いくさ》になるのは、幕府《ばくふ》が大坂《おおさか》を滅《ほろ》ぼそうとしたときだと、私《わたし》は考えます」

そのとおり、と幸村《ゆきむら》は首をたてにふる。伊佐《いさ》はつづけた。

「戦はしかけたほうが有利です。充分《じゅうぶん》に準備《じゅんび》し、戦い方を決めることができますから。あえて相手に有利な場所で戦う必要があるでしょうか。こちらからしかけるべきではありませんか」

「うむ。戦略《せんりゃく》としては一理ある。だが、有利な状況だからこそ、油断《ゆだん》が生まれ、すきができるということもある」

「しかし……」

「暗殺というのは決死の作戦だ。成功しても生きては帰れまい。そのような作戦に臣下を使いたくはないのだ。命を賭《か》けるのは、あくまで戦場にしてくれ」

「お屋形様《やかたさま》……」

伊佐は無言で平伏《へいふく》した。自分のような新参者も使い捨《す》てにしないという、幸村の思いはうれしかった。

しかし、黒六郎《くろろくろう》は今、危険《きけん》をおかしてあえてわなにふみこもうとしている。それは幸村《ゆきむら》の意志に反するのではないか。

指摘《してき》すると、黒六郎は浅黒い顔に苦笑いを浮《う》かべた。

「お屋形《やかた》様はおやさしいからな。戦場に出るとまったくちがうんだが……」

「そのような問題ではない。わなとわかっていて引っかかるのは愚《おろ》か者の所業だ」

「でも、わなを壊《こわ》してしまえば、次にかかる者はいなくなる」

伊佐《いさ》ははっとして、黒六郎を見つめた。

「わなをしかけたやつの思惑《おもわく》を知ることにも意義《いぎ》があるしな。まあ、愚かなのは承知《しょうち》のうえだ。ついてこいとは言わない」

黒六郎は仲間たちをふりかえって、意志を確認《かくにん》した。鎌之介《かまのすけ》と清海《せいかい》はもちろん、佐助《さすけ》も小助《こすけ》も行くという。

小助が手をあげたのが、伊佐には意外だった。

「おぬしも愚か者のひとりか」

「わなかもしれぬのなら、なおさら人数が多いほうがよいでござろう」

「……まったく、どいつもこいつも」

伊佐《いさ》はつぶやいて、同行を承知《しょうち》した。愚《おろ》か者たちだけで行かせたら、もどってこられるかどうかわからない。

「よし、これで人員はそろったな。いいか、望月《もちづき》には絶対《ぜったい》に内緒《ないしょ》だぞ。楽しい冒険《ぼうけん》を邪魔《じゃま》されたくなかったらな」

黒六郎《くろろくろう》の言葉に、一同は真剣《しんけん》な表情《ひょうじょう》でうなずいた。わなであろうとなかろうと、まじめな六郎が反対するのは確実《かくじつ》に思えた。

「それから、船の手配は佐助《さすけ》にまかせる」

「わかった。甚八《じんぱち》さんにお願いしとく」

根津《ねづ》甚八は幕府《ばくふ》に敵対する海賊《かいぞく》である。黒六郎が海にのまれたとき、佐助と小助《こすけ》を助けてくれた船の主だ。気のいい海の男で、佐助は四国《しこく》へ渡《わた》るときに送ってもらったり、荷物を運んでもらったり、と何度か世話になっている。

なかでも、監視《かんし》の目を盗《ぬす》んで鉄砲《てっぽう》を入手するのは、海賊たちの協力がなければできなかった。ひそかに鉄砲を売ってくれるのは、薩摩国《さつまのくに》（今の鹿児島《かごしま》県）の鉄砲鍛冶《かじ》だが、かれらと連絡《れんらく》をとるのも買った鉄砲《てっぽう》を運ぶのも、甚八《じんぱち》に頼《たの》んでいる。

「でも、六郎《ろくろう》さんは船に乗れるの？」

佐助《さすけ》が聞くと、黒《くろ》六郎は顔をしかめた。海がこわいとは思わないが、船酔《ふなよ》いは嫌《いや》だという。

「島に着くまで、おれは役に立たないからな」

「じゃあ、そのぶんはおれが働くよ」

昨日、かえでと話をしたので、佐助の機嫌《きげん》はよい。水くみをしているかえでを手伝いながら、京の町のにぎわいについて、話してきかせたのだ。

かえでは上田《うえだ》から九度山《くどやま》まで旅をしてきただけで、ほかの町や村を知らない。外の世界の話は、いつも興味《きょうみ》深そうに聞いてくれる。だから、佐助は言ってみた。

「戦《いくさ》が終わったら、京でも江戸《えど》でも、おれが連れてってやるよ」

「ほんと？」

かえでは目を輝《かがや》かせた。いつものにくまれ口が返ってこなかったので、佐助はおどろいた。勢《いきお》いに圧倒《あっとう》されながら、笑顔で約束した。

「本当さ。必ず連れて行く」

「じゃあ、どこへ行っても、どんな仕事でも、絶対《ぜったい》に生きて帰るのよ。それがお家《いえ》のためにもなるんだからね」

息をのむほどに真剣《しんけん》で、美しい瞳《ひとみ》に見つめられて、佐助《さすけ》はこくりとうなずいた。うれしくなってきたのは、水を運び終えて、ひとりで隠《かく》れ家《が》に帰ってからだった。

そういうわけで、佐助ははりきっていた。たとえどんなわながあろうと突破《とっぱ》して、必ず海賊《かいぞく》の宝《たから》を持ち帰ってやる。そう決意していた。

2

小舟《こぶね》から船に乗りうつった一行を、甚八《じんぱち》が豪快《ごうかい》な笑みで迎《むか》えた。潮風《しおかぜ》でかすれた声で冗《じょう》談《だん》をとばす。

「今日はお客がいっぱいだな。海賊《かいぞく》をやめて乗り合い船でもはじめようか」

まげのない髪《かみ》にはちまき、真《ま》っ黒《くろ》に日焼けした肌《はだ》に白い歯、甚八《じんぱち》はどこから見ても海の男である。性格《せいかく》もさっぱりしていて、裏表《うらおもて》がない。佐助《さすけ》と気が合うのも当然だった。

初対面の仲間をひとりずつ紹介《しょうかい》した。甚八が興味《きょうみ》をいだいたのは、やはり黒六郎《くろろくろう》だ。

「海にのまれて助かったんだってな。悪運の強い男だ」

「この顔のおかげだよ」

片目《かため》をつぶる黒六郎を、甚八がまじまじと見つめる。

「海の神様は見目《みめ》のいい男が好きだって聞いたが、うそだったんだなあ」

「おいおい、のどだけでなく、目まで潮風《しおかぜ》にやられたのか」

軽口をかわすふたりを放っておいて、一行は荷物を船内へと運んだ。揺《ゆ》れる船の上でも、佐助と小助《こすけ》は陸の上と変わらず歩けるが、ほかの者はぎこちない。とくに清海《せいかい》は体重があるだけに、ふらつきが大きかった。

「このでかい坊主《ぼうず》は倍の料金をもらおうかな」

清海が落としかけた箱を支えて、甚八が笑った。

「それなら、おれは半分にしてくれよ」

佐助《さすけ》が切り返すと、甚八《じんぱち》は頭をかいた。

「なかなか言うじゃないか。それより、早く宝《たから》の地図を見せてくれよ」

「ほら、これだ」

黒六郎《くろろくろう》が渡《わた》した地図に目を走らせて、甚八は眉《まゆ》を寄せた。佐助が背伸《せの》びしてのぞきこむ。

「海賊《かいぞく》の宝は本当にあるのかなあ」

「八割方《はちわり》、あやしいな」

自分も海賊である甚八は、期待をしずめるように肩《かた》をすくめてみせた。

「あのあたりの海賊が、隠《かく》しておくほどの宝をためこんでいたとは思えん。ただ、この蔵《くら》島《じま》のまわりは、海流が複雑《ふくざつ》で、でかい船が近づくのが難《むずか》しいんだ。そういう意味では、宝が隠されていても不思議はないぜ」

「この船は近づけるのか?」

たずねた黒六郎は、すでに顔色が悪くなっている。

「当たり前だ。おれの部下は凄腕《すごうで》ばかりだぜ」

甚八は胸《むね》を張った。

「もっとも、船がつけられる港はないだろうから、上陸は小舟《こぶね》を使ったほうがいい。急げば今日のうちにも着けるが、潮《しお》の流れが向いてないし、夜に宝《たから》さがしは無理だろう。ひと晩《ばん》、船に泊《と》まって、朝に上陸といこう」

「島で寝《ね》たほうがいいんだけどなあ」

黒六郎《くろろくろう》はぶつぶつと言ったが、船の上で船頭《せんどう》に逆らうつもりはないようだ。上陸までは甚八《じんぱち》の指揮《しき》にしたがうことになった。

翌日《よくじつ》は夜明け前から波が高かった。速く流れる雲を追い払《はら》うようにして朝日がのぼり、黒々とした海を照らしだした。

「あれが蔵島《くらじま》だ」

甚八が指さす西の方向に、切りたった岩山が見える。佐助《さすけ》は手をひたいにあてて目をこらした。

「けっこう小さいな。人は住んでいないのか」

「住んでいたら、宝《たから》を隠《かく》そうとは思わないだろう。だが、気をつけろよ。海賊《かいぞく》がいないともかぎらん」

甚八《じんぱち》によれば、幕府《ばくふ》が開かれてから、海賊《かいぞく》の数は減《へ》ったのだという。幕府にしたがった者は水軍武将《ぶしょう》として取りたてられたり、交易《こうえき》商人になったりした。取りしまりが厳《きび》しくなって、おおっぴらに船や漁村をおそえなくなったからだ。海賊をつづけているのは、甚八のように幕府に敵対する者か、乱暴《らんぼう》すぎて普通《ふつう》の生活ができない者だ。

「この船ではここまでだな」

いかりをおろすと、甚八はまず小舟《こぶね》を斥候《せっこう》に出して島のまわりを一周させた。近くに船《ふな》影《かげ》はなく、島に人の気配はない。安全に小舟をつけられそうなのは、島の東側の砂浜《すなはま》だけだそうだ。

もどってきた小舟に、上陸する一行が乗りうつる。その先頭に、甚八の姿《すがた》があった。

「あれ、甚八さんも行くのか?」

問われた海賊のかしらは、手斧《ておの》をくるくるとまわして言った。

「おもしろそうだからな。それに、おぬしらだけでは、舟を島に寄せるのも難《むずか》しい。海中に隠《かく》れた岩にでもぶつかったら、小舟は簡単《かんたん》にしずんでしまうぜ」

甚八が六人のすわる場所を指示《しじ》した。四つある櫂《かい》は、小助《こすけ》、佐助《さすけ》、伊佐《いさ》、鎌之介《かまのすけ》がにぎり、舵《かじ》は甚八《じんぱち》がとる。清海《せいかい》は黒六郎《くろろくろう》を背負《せお》って、中央に陣取《じんど》った。小舟《こぶね》はゆっくりと母船を離《はな》れる。

遠ざかる船をふりかえった鎌之介《かまのすけ》が、冗談《じょうだん》めかして聞いた。

「なあ船頭《せんどう》さん、部下たちが裏切《うらぎ》って、船頭をおいて逃《に》げだす、なんてことはないだろうな」

「あるかもな」

そう言ったのは甚八自身だ。ぐったりしている黒六郎以外の五人がおどろいて、海賊《かいぞく》のかしらに注目する。

「危険《きけん》が迫《せま》ったら、おれのことは気にせずに逃げろ、と言ってある。敵におそわれたり、嵐《あらし》が来たりしたらな。そうなったら仕方ない。おれの命より、船と部下が大切だ」

「気に入った」

清海《せいかい》が手を伸《の》ばして甚八の肩《かた》を強くたたいた。その拍子《ひょうし》に舟が大きくかしぐ。海水が小舟に入って一同の足をぬらした。

「清海は泳いでいけ」

海水より冷たく、伊佐《いさ》が命じる。

「勘弁《かんべん》してくれよ」

清海《せいかい》が情《なさ》けない声をあげたときには、すでに甚八《じんぱち》が小舟《こぶね》を安定させていた。ほどなくして、小舟は砂地《すなち》に突《つ》っこむ形でとまった。岩場に囲まれたせまい砂浜《すなはま》があり、すぐ先に崖《がけ》がそそりたっている。崖の上は木々が茂《しげ》る林になっているようだ。

「結局、足はぬれるんだな」

真っ先に舟《ふね》を下りた佐助《さすけ》は、水を跳《は》ねあげて走った。水しぶきに顔をしかめながら、五人がつづく。

「待て。舟を引きあげる」

甚八に呼《よ》ばれて、清海が立ちどまった。背負《せお》っていた黒六郎《くろろくろう》を砂浜に下ろして、舟にもどる。

「これくらい、おれひとりで充分《じゅうぶん》だ」

縄《なわ》をかけようとする甚八をとめて、清海は腕《うで》まくりした。小舟に手をかけ、力をこめる。

「おいおい、八人乗りの舟だぞ」

あきれる甚八《じんぱち》の前で、小舟《こぶね》が宙《ちゅう》に浮《う》いた。清海《せいかい》の顔が真《ま》っ赤《か》になり、腕《うで》の筋肉《きんにく》が盛《も》りあがる。小舟を持ちあげた怪力《かいりき》の僧《そう》は、砂浜《すなはま》を歩いて岩の陰《かげ》まで運んだ。

一同はそのまま、岩陰で地図を囲んだ。上陸したのは島の東の端《はし》で、印がついているのは北西の隅《すみ》である。

「このまま海岸沿《ぞ》いを歩くか、それとも島の内部を突《つ》っきるか」

それが問題だと、伊佐《いさ》が指摘《してき》する。

「どこかで崖《がけ》を登って、林の中を通りたい。海岸を歩けば、海から丸見えになるからな。それから、なるべく早めに高いところに上がって、島全体の様子を見たいところだ」

黒六郎《くろろくろう》がこたえた。かたい地面に足をおいたことで、だいぶ具合がよくなったようだ。

「おれが登って、偵察《ていさつ》してくる」

佐助《さすけ》が言って、返事を待たずに身をひるがえした。猿《さる》のような身軽さで、砂浜を駆《か》け、崖の割《わ》れ目《め》にとりつく。

わずかな手がかりを頼《たよ》りに、佐助はするすると崖を登り、あっというまに頂上《ちょうじょう》にたどりついた。下で見守る仲間たちに手をふってから、あたりを見回す。

紺色《こんいろ》の海上には、乗ってきた船が停《と》まっていた。はるか先に別の島も見える。ほかに船は見当たらない。

反対を向くと、こんもりとした木々に視線《しせん》をさえぎられた。内に向かってやや小高くなっており、人家《じんか》のようなものは見られない。やはり人は住んでいないようだが、鳥や小動物の気配は感じられる。

佐助《さすけ》はいったん報告《ほうこく》にもどった。話を聞いた黒六郎《くろろくろう》はすぐに決断《けつだん》を下した。

「林を進もう」

海岸沿《ぞ》いの岩場や砂浜《すなはま》は道に迷《まよ》う危険《きけん》こそないが、敵がいた場合に無防備《むぼうび》になってしまう。反対する者はおらず、一行は崖《がけ》をよじのぼって、林に分け入った。

新緑をまとった木々が思い思いに枝を伸《の》ばし、豊かな林をつくっている。大きな動物はいないが、鳥の姿《すがた》が多い。木の実を食べる小鳥から、肉食の猛禽《もうきん》まで様々な種類の鳥が空を飛んでいる。

佐助は木から木へと飛びうつり、あたりを警戒《けいかい》しながら、仲間たちをみちびいていた。

二番手を行く黒六郎《くろろくろう》と小助《こすけ》がなたで枝や草を払《はら》い、道をつくる。そのあとに伊佐《いさ》と鎌之介《かまのすけ》、荷物持ちの清海《せいかい》がつづき、最後尾《さいこうび》は甚八《じんぱち》だ。

木の上をしばらく行ったところで、佐助《さすけ》は妙《みょう》な雰囲気《ふんいき》に気づいた。下におりて、追いついてきた黒六郎にささやく。

「無人島というわけではないみたい」

黒六郎は眉《まゆ》をひそめた。

「何か見つけたのか」

「いや、なんとなくだけど、この島には人がいたはずだし、今もいるかもしれない」

「わかった。警戒《けいかい》を強めよう」

黒六郎は後方の仲間たちに、大声で話さないよう注意した。にぎやかに話しながら歩いていた鎌之介《かまのすけ》は口をとがらせたが、文句《もんく》は言わない。やはりわなか、と緊張《きんちょう》感を高める。

「おれもこの島は変だと思うぜ」

甚八が声をひそめて言った。

「鳥の姿《すがた》が見えなくなった。距離《きょり》からすると、おれたちが原因《げんいん》ではなさそうだ」

その言葉に、一同はいっせいに上を向いた。たしかに、枝の間から見える空に動くものはない。

黒六郎《くろろくろう》が不敵に笑った。

「来るなら来いってことだ。行軍《こうぐん》を再開《さいかい》する。まず、一番高いところまで登ってみよう。佐助《さすけ》、頼《たの》むぞ」

「まかせとけ」

佐助は手近な木にとりついた。敵がいるなら、こちらが先に発見することが重要だ。なだらかな斜面《しゃめん》を登ってしばらく行くと、佐助の耳がかすかな音をとらえた。仲間がたてる音ではない。動きをとめ、五感をとぎすませる。

大気がふるえていた。鉄のにおいがする。息をひそめていても、大勢《おおぜい》の人がいるのがわかる。

下に目をうつすと、黒六郎と視線《しせん》があった。手ぶりで敵がいることを伝えて、佐助は高い木のてっぺんに登った。

北西が少し突《つ》きだした円形の島が、ほぼすべて見渡《みわた》せる。

「いつのまに……」

佐助《さすけ》は思わずつぶやいた。五十人をこえる兵士たちが林を囲むように展開《てんかい》している。船は見あたらないが、兵士たちはどこからわいてきたのか。

ふりかえって、さらにおどろいた。黒々とした煙《けむり》が、まさにあがりはじめている。赤い炎《ほのお》が東側の砂浜《すなはま》と岩場の間にのぞいていた。何が起こっているか、すぐに理解《りかい》した。乗ってきた小舟《こぶね》が燃《も》やされているのだ。

「大変だ」

佐助はすべるようにして木から下りた。

仲間たちはすでに武器《ぶき》をかまえて、戦闘《せんとう》に備《そな》えている。

「小舟が焼かれてる。帰れなくなるよ」

佐助が報告《ほうこく》すると、一同は顔を見あわせた。困《こま》った顔をしているのは清海《せいかい》だけで、あとの者は不敵な表情《ひょうじょう》だ。

「やはりわなだったようだな。まんまとおびきよせられたか」

伊佐《いさ》が言うと、黒六郎《くろろくろう》がうなずいた。

「そうらしい。まあ、帰りの舟《ふね》は敵のものを奪《うば》えばいいが、あいつら、いつ、どこからやってきたんだ」

「どこかに船着き場があるのか、それとも島内にひそんでいたのか……この島には何か秘《ひ》密《みつ》がありそうな気がするぜ」

甚八《じんぱち》が首をかしげる。

「佐助《さすけ》、乗ってきた船はもとの位置にいたか」

「うん、変わった様子はなかった」

「ならばよいがな」

甚八は残してきた部下が心配なのだ。六人の仲間たちは、敵に囲まれながら、自分たちが危険《きけん》だとはつゆほども思っていないようだった。それが、佐助にはたのもしい。

「そろそろ、敵さんがおそってくるぞ。作戦があるのか」

鎌之介《かまのすけ》が確認《かくにん》する。殺気が近づいてくるのは、全員が感じていた。四方から包囲する作戦のようだ。

「清海《せいかい》、伊佐《いさ》、鎌之介の三人、おれと小助《こすけ》、甚八の三人がひと組になって戦おう。佐助は上から状況《じょうきょう》を見て援護《えんご》してくれ。こわいのは火攻《ひぜ》めだ。火が放たれたら、すぐに知らせるように。はぐれたら、上陸した場所に集合だ」

組み分けに不満のある者もいたかもしれないが、誰《だれ》も口には出さなかった。それぞれが武器《ぶき》をかまえて、戦闘《せんとう》の態勢《たいせい》をととのえる。

3

小助《こすけ》が弓に矢をつがえ、木々の間に狙《ねら》いを定めた。ひと呼吸《こきゅう》おいて、ひょうと放つ。木の葉を散らしながら飛んだ矢は、敵兵のひたいに突《つ》きささった。あわれな犠牲者《ぎせいしゃ》が、ぎゃっとわめいて倒《たお》れる。

それが合図だった。

「気づかれたぞ」

「やっちまえ。おしつつんでみな殺しにするんだ」

口々に叫《さけ》びながら、敵がおそいかかってきた。それぞれが短めの刀や手斧《ておの》をふりかざしており、具足《ぐそく》はつけていない。海賊《かいぞく》と同じような格好《かっこう》だ。

敵がたどりつく前に、小助《こすけ》はさらに二本の矢を放ち、ふたりの海賊をあの世へ送った。

弓の名手だけあって、木や枝の位置と矢の動きを完璧《かんぺき》に計算して射《い》ている。

「さすがだな。敵は近づけさせないから、そのまま矢で戦うといい」

言いながら、黒六郎《くろろくろう》が刀をふるう。突《つ》っこんできた海賊が腹《はら》に一撃《いちげき》を受けて倒《たお》れた。さらに返す刀でもうひとりを地に這《は》わせる。血しぶきが飛んで、落ち葉のつもった土をたたいた。

黒六郎の刀の技《わざ》は、まったくさびついていなかった。わずかな動きで敵の攻撃《こうげき》をさけ、逆に必殺の斬撃《ざんげき》をたたきこむ。流れるような動作が舞《ま》いのように美しい。

その背後《はいご》で戦う甚八《じんぱち》は、手斧を巧《たく》みに使っていた。敵が斬《き》りかかってくるところに斧をあわせ、刀を弾《はじ》きとばしてしまう。武器《ぶき》を失った相手に蹴《け》りを飛ばし、ひるませておいて斧で切りつける。

「まったく、陸《おか》の戦《いくさ》はやりにくいぜ」

ぼやきながらも、戦いぶりには危《あぶ》なげがない。手斧《ておの》でおそいかかってきた敵には、横によけて空を切らせ、がら空きの脇腹《わきばら》に手斧を食いこませる。後ろにまわろうとする敵にはまわし蹴《げ》りをあびせる。

「こいつら海賊《かいぞく》だぜ。戦い方でわかる」

「幕府《ばくふ》と関係があるのかもな。後で生き残ったやつから、事情《じじょう》を聞こう」

攻撃《こうげき》の手をゆるめずに、ふたりは会話をかわす。小助《こすけ》が無言で矢を放つ。三人の敵が同時に倒《たお》れた。

かれらに比《くら》べると、もう一方の三人組は実力を発揮《はっき》しているとは言いがたかった。場所がせまいために、得意の武器《ぶき》を使えていないのだ。

伊佐《いさ》は薙刀《なぎなた》のかわりに短刀で戦っていた。すばやく短刀をふるって腕《うで》に切りつけると、敵は野太い悲鳴をあげて刀をとりおとす。そこでふところにもぐりこんで、心《しん》の臓《ぞう》をひと突《つ》き、命を奪《うば》う。

背後《はいご》に生まれたすきに、別の海賊が斬《き》りかかった。

「危ない！」

清海《せいかい》が叫《さけ》んで、杖《つえ》をふるう。背骨《せぼね》の中心を重い杖で突《つ》かれて、海賊《かいぞく》は崩《くず》れるように倒《たお》れた。

「よけいなまねを」

伊佐《いさ》は文句《もんく》を言いながらも、体を入れかえ、清海の死角を狙《ねら》った敵を手刀《しゅとう》で打ち倒《たお》す。短刀は敵に刺《さ》さったままだ。舌打《したう》ちして、予備《よび》の短刀をとりだす。

清海は長くて重い樫《かし》の杖を武器《ぶき》として使っていた。ふりまわすたびに木の枝に当たり、はっぱが落ちてくる。そのはっぱが敵の目をくらませて攻撃《こうげき》を弱めるが、杖もからぶりになってしまう。

「短く持てよ」

鎌之介《かまのすけ》に言われて、清海はようやく杖を持ちかえた。中央付近を持って風車のようにふりまわし、両方の端《はし》で攻撃する。

すさまじい勢《いきお》いで杖が回転し、敵をまきこんでいく。刀や手斧《ておの》が弾《はじ》きとばされ、海賊たちが悲鳴をあげて倒れふした。

「がっはっはー」

清海《せいかい》が豪快《ごうかい》に笑いながら、ゆっくりと前進する。おそれをなした海賊《かいぞく》たちがじりじりと後ろにさがる。

だが、海賊たちに安全な場所はない。

銀色のきらめきが、宙《ちゅう》を切りさいた。鎖鎌《くさりがま》が描《えが》く弧《こ》に、赤い霧《きり》がかかる。腕《うで》や顔をおさえて、海賊たちは転げまわった。鎌に切られてぱっくりと開いた傷口《きずぐち》が痛々《いたいた》しい。

三人のなかで、鎌之介《かまのすけ》だけは生き生きとして戦っていた。鎖鎌は長い間合いでも短い間合いでも有用な武器《ぶき》だ。上から横からななめからと、変幻自在《へんげんじざい》の攻撃《こうげき》で敵を寄せつけない。

六人の奮闘《ふんとう》で、海賊たちの死体がつみあげられていく。

「すげえや」

佐助《さすけ》は木の上で感心していた。十倍近い敵に囲まれながら、仲間たちはひるむどころか、圧倒的《あっとう》有利に戦いを進めている。苦戦するようなら援護《えんご》するつもりだったが、その必要はまったくなさそうだ。

敵の集団には、すでに逃《に》げだす者も出はじめていた。北西の方角に向かっているようだ。

「む、あれは?」

佐助《さすけ》のするどい目が、火打ち石をまさぐる男を発見した。枯《か》れ草の束に火をつけようとしている。頭で考えるより早く、佐助は十字手裏剣《しゅりけん》を投げていた。回転しながら飛んだ手裏剣が、見事に男の手をとらえる。男はぎゃっと叫《さけ》んで、火打ち石を放りだした。拾おうとする腕《うで》に、二個目の手裏剣が命中する。男は腕をおさえて逃《に》げだした。

いつのまにか、海賊《かいぞく》たちの人数は半分以下に減《へ》っていた。残った者たちも潮《しお》が引くように逃げだしていく。

黒六郎《くろろくろう》が刀をふるいながら、大声でたずねた。

「佐助、敵はどっちに逃げていく？」

「北西、地図の印があった方角だ」

横合いからおそいかかってきた敵の腕を反転しながら斬《き》りとばして、黒六郎は決断《けつだん》した。

「敵を追うぞ。逃げていく先に舟《ふね》があるはずだ」

六人が了解《りょうかい》の返事をする。黒六郎は先頭に立って駆《か》けだした。

「佐助、上から案内を頼《たの》む」

言われるまでもなく、佐助《さすけ》は移動《いどう》をはじめている。揺《ゆ》れる木から木へ飛びうつって、一行を先導《せんどう》する。

「もっと右へ」

佐助の指示《しじ》にしたがって、黒六郎《くろろくろう》が進路を変える。逃《に》げる海賊《かいぞく》を追いつつ、後ろの仲間を確認《かくにん》しつつ、佐助は道なき道をひた走った。

木々の間から海が見えてきた。磯《いそ》の香《かお》りと波のきらめきが、鼻と目を刺激《しげき》する。波間に小舟《こぶね》が浮《う》かんでおり、先に逃げた海賊たちが漕《こ》いでいる。乗せてもらおうと海を泳ぐ者もいるが、小舟はどんどん遠ざかっていく。

佐助は木の枝にぶらさがり、反動を利用して大きく飛んだ。空中で一回転して、砂浜《すなはま》に着地する。

そのまま走りだそうとしたが、黒六郎の声が追いかけてきた。

「こらっ、ひとりで先に行くな」

しぶしぶ立ちどまった佐助のまわりに、仲間が集まってくる。最後に清海《せいかい》が到着《とうちゃく》して七人、それぞれがかすり傷《きず》は負っているが、大怪我《おおけが》をした者はいない。

海賊《かいぞく》たちは水を跳《は》ねあげながら、波打ちぎわを北西に向かって逃《に》げている。海の様子を見ると、島に上陸したときよりも潮《しお》が満ちてきているようだ。

北西の岬《みさき》から、また一艘《いっそう》の舟《ふね》が漕《こ》ぎだしてくる。

小助《こすけ》が遠矢を放った。

風を切りさいて飛んだ矢が、小舟を漕ぐ海賊に命中する。どれほどの傷を与《あた》えたかはわからないが、舟での脱出《だっしゅつ》をためらわせる効果《こうか》はあるだろう。

「あの岬だな。急ぐぞ」

黒六郎《くろろくろう》の号令で、七人はふたたび走りだす。

岬にたどりつくまでに、三人の海賊を追いぬいた。岩場にへたりこんだり、海に泳ぎだしたりする者はあえて殺しはしない。

佐助はひょいひょいと岩を渡《わた》って、岬の先端《せんたん》へまわりこんだ。おどろいたことに、そこにはぽっかりと穴《あな》が開いており、広い水路が奥《おく》へとのびている。壁《かべ》のところどころにたいまつがさしこんであって、明かりは充分《じゅうぶん》だ。

「どうくつになってる！」

「そうか、そこに舟《ふね》を隠《かく》していたのか」

黒六郎《くろろくろう》が追いついてきた。鎌之介《かまのすけ》がつづく。

「財宝《ざいほう》もあるのか？」

「あるわけがない。私《わたし》たちはわなにはめられたんだ」

これは伊佐《いさ》である。だから反対しただろう、とはさすがに言わない。

「わなかもしれないけど、財宝がないとはかぎらないだろ」

また口論《こうろん》がはじまりそうだったので、黒六郎が先手を打った。

「とにかく、中をさぐってみよう。どうせ舟を手に入れないといけないんだ。まだ人の気配があるから、油断《ゆだん》するなよ」

水路のわきに歩ける場所があった。幅《はば》がせまくて、ならぶことはできないため、佐助《さすけ》を先頭に一列になって進む。ぬれた岩肌《いわはだ》がすべりやすいので、ゆっくりとした足どりだ。

「しっ」

佐助がとまって、後ろに合図を送った。どうくつの先から、話し声と水音が聞こえてくる。

「舟《ふね》が来る」

一同が武器《ぶき》をかまえて、どうくつの先をにらむ。ゆるやかに曲がった水路を、一艘《いっそう》の小舟《こぶね》が突進《とっしん》してきた。五人の海賊《かいぞく》が乗って懸命《けんめい》に漕《こ》いでおり、かなりの速度が出ている。

「よし、あの小舟を奪《うば》おう」

黒六郎《くろろくろう》が言ったが、小舟は水路の反対の端《はし》を進んでおり、刀や鎖鎌《くさりがま》はとどかない。

「とまらぬと射《い》るぞ」

小助《こすけ》が呼《よ》びかけたが、小舟はとまらない。手をとめた海賊はいるが、舟は勢《いきお》いのままに海に向かっている。このままでは、海賊を射殺《いころ》しても舟は手に入らない。

「ここはおれにまかせろ」

言うなり、清海《せいかい》が岩だなを蹴《け》って飛んだ。

舟に飛びうつるつもりだったのだろう。だが、飛距離《ひきょり》が足りず、小舟の手前に落ちてしまう。巨大《きょだい》な水しぶきがあがり、轟音《ごうおん》がどうくつの壁《かべ》に反響《はんきょう》した。

しかし、清海の行動は完全な失敗ではなかった。大きな波が小舟を揺《ゆ》らし、ひっくり返したのだ。水中に投げだされた海賊《かいぞく》たちは泳いで舟《ふね》を離《はな》れていく。

そのときにはすでに、佐助《さすけ》と伊佐《いさ》が水に飛びこんでいた。伊佐はおぼれそうになって暴《あば》れる清海《せいかい》に泳ぎよる。佐助はひっくりかえった小舟に鉤《かぎ》つきの綱《つな》をかけて、岸に引きよせた。

「あわてるな、その背丈《せたけ》なら足がつくだろう」

甚八《じんぱち》が声をかけ、伊佐がほおをはたいて、清海を落ちつかせる。たしかに、深さはそれほどではない。佐助は無理だが、清海は足がついた。伊佐はそれを確認《かくにん》して、自分はさっさと岸にあがる。

佐助は小舟を甚八にあずけて、水にもぐった。放りだされた櫂《かい》をさがすためだ。櫂がなくなって、死にそうな目にあったことは忘《わす》れていない。

幸い、四本の櫂がすぐに見つかった。

「これで脱出《だっしゅつ》できるぞ」

佐助が立ち泳ぎしながら呼《よ》びかけると、黒六郎《くろろくろう》は手をたたいて褒《ほ》めたたえた。にやりと笑って、仲間たちにたずねる。

「で、どうする？　奥《おく》も調べるか？」

「もちろんだ。海賊《かいぞく》の根城《ねじろ》なんだろ。何かあるって」

鎌之介《かまのすけ》が即答《そくとう》した。伊佐《いさ》はぬれた袈裟《けさ》をしぼるのに忙《いそが》しく、あえて反対はしない。

「お宝《たから》じゃなくても、役に立つ物があるかもしれないね」

佐助《さすけ》の発言に黒六郎《くろろくろう》がうなずいて、方針《ほうしん》が決まった。

「ただ、全員で行くのは危険《きけん》だぜ。おれが海賊の指揮《しき》をとっていたら、どうくつの入り口にわなをしかける。火をつけるのもいい」

甚八《じんぱち》が指摘《してき》すると、一同はいっせいに入り口をふりむいた。今のところ、異変《いへん》は見られない。

結局、佐助、黒六郎、鎌之介の三人が奥へ進むことになった。残りの四人は入り口と舟《ふね》を見張《みは》る。

「お先に失礼」

鎌之介が佐助を押《お》しのけて先に進む。軽快な足音がふいにとまった。

「なんだ、これは」

どうくつの行き止まりは大きな広間になっていた。天井《てんじょう》は高く、はるか上に穴《あな》が空いているようで、細い光がさしこんでいる。むしろがしいてあったり、かまどがあったりして、何十人もが生活できそうだ。

「海賊《かいぞく》のすみかだったのか」

黒六郎《くろろくろう》がため息をついた。

「ここに隠《かく》れて、財宝《ざいほう》目当てのやつらを待っていたのか？」

「なんのために、そんな性格《せいかく》の悪いことをするんだよ」

むしろを足でひっくり返しながら、鎌之介《かまのすけ》が問いかけた。やはりだまされていたとわかって、かなり機嫌《きげん》が悪い。

「おれたちのような反徳川《とくがわ》の連中をとらえると、褒美《ほうび》がもらえる、とかな」

「ということは、その褒美をためこんでるにちがいないな」

鎌之介が目を光らせた。

「褒美をもらう条件《じょうけん》があるとして、首か、それとも情報《じょうほう》か……」

黒六郎はつぶやいて、はっと顔をあげた。

「もうここに用はないだろう。もしかしたら、甚八《じんぱち》の船がおそわれるかもしれん。急いでもどるぞ」

鎌之介《かまのすけ》はそれでも、未練がましくあちこちをさがしている。

「何かあっても、逃《に》げた海賊《かいぞく》が持って行ってるよ」

「そうだよなあ」

鎌之介は岩壁《がんぺき》にあやしいくぼみを発見し、中をのぞきこんでいる。

「ここなんか、明らかに宝《たから》を隠《かく》してたあとだよな」

「おい、残念がっている場合じゃないぞ」

黒六郎《くろろくろう》が注意をうながした。

入り口のほうがさわがしい。また海賊たちがおそってきたのか。

佐助《さすけ》は身をひるがえし、せまい道を駆《か》けもどった。

「大丈夫《だいじょうぶ》?」

「今のところはな」

答えたのは甚八だ。海上に浮《う》かぶ小舟《こぶね》から、海賊たちが火矢で攻撃《こうげき》してきている。清海《せいかい》がどうくつの入り口で仁王立《におうだ》ちし、杖《つえ》をふりまわして矢をたたきおとしていた。奥《おく》に引っこめば守りやすいが、それをしないのが清海《せいかい》である。

「面目《めんぼく》ない。矢がなくなってしまったでござる」

小助《こすけ》は地面に落ちた敵の矢を集めているが、折れたり曲がったりしていて、使い物にならないようだ。

「何かおもしろいものがあったか」

甚八《じんぱち》の問いに首をふって、佐助《さすけ》は状況《じょうきょう》を確認《かくにん》した。敵の小舟《こぶね》は三艘《そう》で、それぞれ五、六人の海賊《かいぞく》が乗っている。近づいてくるつもりはなさそうだ。

「でも、どうしてまた攻撃《こうげき》してきたんだろう。一度は逃《に》げだしたのに」

佐助の疑問《ぎもん》に、伊佐《いさ》が答える。

「今、それを考えていた。援軍《えんぐん》が来るのか、あるいはここに忘《わす》れ物でもしたのか」

「忘れ物って、お宝《たから》のことだよな」

鎌之介《かまのすけ》が口を出した。伊佐はそれを無視《むし》して、黒六郎《くろろくろう》に問いかける。

「このままではらちがあかぬ。いったん引いて敵をおびきよせるか、こちらも舟に乗って強行突破《とっぱ》するか……」

「突破しかないな」

黒六郎《くろろくろう》は迷《まよ》わなかった。

「敵の援軍《えんぐん》が来るなら、ぐずぐずしてはいられん。どうくつに引っこんだら、煙攻《けむりぜ》めの危《き》険《けん》があるしな」

「もっともだ。だが、ただ突破しようとすると、一方的に攻撃《こうげき》を受けてしまう。近づいて戦うくらいの気持ちでいたほうがいいぜ」

甚八《じんぱち》の意見に、黒六郎はうなずいた。

「それでいこう。舵《かじ》を頼《たの》む」

行きと同じように、舟《ふね》をあやつるのは甚八に決まった。漕《こ》ぎ手が黒六郎、伊佐《いさ》、鎌之介《かまのすけ》、小助《こすけ》で、清海《せいかい》が防御《ぼうぎょ》、佐助《さすけ》が攻撃を受けもつ。

黒六郎が出発の号令を出そうとしたときである。

「ちょっと待ってくれ。この舟はどこかおかしい」

甚八が一行をうながして、いったん下りさせた。舟にひとり残り、左右に傾《かたむ》けたり、前後に揺《ゆ》らしたりして、状態《じょうたい》をたしかめている。

「あ！」

佐助《さすけ》が声をあげるのと、甚八《じんぱち》がかがみこむのが同時だった。

「お、佐助も気づいたか」

甚八がにやりと笑った。佐助も笑みを返す。

「うん、底が二重になってる」

「ついにお宝《たから》か！」

興奮《こうふん》する鎌之介《かまのすけ》を黒六郎《くろろくろう》がなだめる。

「お宝は無事に脱出《だっしゅつ》してからだ」

「そうだな。もう乗ってもいいぞ。重さに気をつければ、舟《ふね》は動かせる」

甚八が場所を指定し、六人は順番に舟に乗った。黒六郎、伊佐《いさ》、鎌之介、小助《こすけ》が櫂《かい》をにぎる。

「行くぞ」

黒六郎の号令で、四人がいっせいに漕《こ》ぎだした。小舟は海面をすべるように進んで、沖《おき》へと向かう。

さっそく、海賊《かいぞく》たちが矢を射《い》かけてきた。小舟《こぶね》の中央に立つ清海《せいかい》が雄叫《おたけ》びをあげながら、頭上で杖《つえ》を回転させる。杖がまきおこす風に跳《は》ねかえされて、矢は小舟までとどかない。

佐助《さすけ》は十字手裏剣《しゅりけん》を次々と投げている。距離《きょり》が離《はな》れているため、当たっても大怪我《おおけが》はしないが、ひるませることはできる。

一艘《いっそう》の舟が進路をふさぐように前に出た。

「突《つ》っこむぞ」

甚八《じんぱち》が叫《さけ》んだ。矢の雨をものともせずに、真田《さなだ》の小舟は突きすすむ。ぶつかる寸前《すんぜん》、海賊のほうがよけた。鎖鎌《くさりがま》が宙《ちゅう》を走って、ふたりの海賊をまきこみ、海に転落させる。

そのはずみで、こちらの舟も傾《かたむ》いたが、清海が反対方向に踏《ふ》ん張《ば》って、事なきをえた。

敵は矢を放ちながら追いかけてくる。まっすぐ飛んできた矢が、最後尾《さいこうび》の甚八をとらえようとする。気づいたときにはかわせない距離だ。

しかし、矢はぎりぎりのところで壁《かべ》に当たったようにして海に落ちた。佐助が手裏剣を命中させたのだ。

「やるじゃねえか。ありがとうよ」

甚八《じんぱち》が佐助《さすけ》に頭を下げる。その上を次の矢が通りすぎた。

「しつこいやつらだな」

甚八がふりむいて文句《もんく》を言ったとき、矢の雨がやんだ。海賊《かいぞく》たちの舟《ふね》が急に方向転換《てんかん》して引き返していく。

黒六郎《くろろくろう》が肩《かた》ごしに確認《かくにん》して、ふうと息をついた。

「助かったようだな」

大きな船が前方に出現《しゅつげん》していた。矢を放ちながら、こちらに近づいてくる。甚八の部下たちが救援《きゅうえん》に来てくれたのだ。

「あいつら、勝手なまねをしやがって」

甚八はぶつぶつと言いながら、小舟を船に寄せた。縄《なわ》ばしごをおろしてもらって、ひとりずつ船にあがる。

最初にあがった佐助は、思いがけない人物を目《ま》の当たりにした。

「六郎《ろくろう》さん、どうしてここに？」

望月《もちづき》六郎が冷ややかな視線《しせん》を向けていた。佐助《さすけ》ではなく、その次にあらわれた黒《くろ》六郎に対してである。

「あ、まずい」

黒六郎はもどろうとしたが、後ろがつまっていて、逃《に》げ場はない。六郎の怒《いか》りに直面することになった。

「私《わたし》たちにだまって、敵のわなにかかりに行くとは、いったいどういうつもりだ。おぬしの軽はずみな行動で、大事な仲間を失い、真田《さなだ》の名を傷《きず》つけるところだったのだぞ」

「だから、出発した後に報告《ほうこく》したではないか」

黒六郎は頭をかいた。相談したら止められるから、事後報告にしたのである。

「私がまにあったからよかったようなものの……」

説教がはじまりそうだったので、佐助は聞いてみた。

「どうしてこの場所がわかったんだ？」

「連絡所《れんらくじょ》に行き先をことづけてくれた者がいてな」

上ってきたばかりの小助《こすけ》がうつむいた。

報告《ほうこく》を受けた六郎《ろくろう》は、幸村《ゆきむら》の命を受けて急ぎ九度山《くどやま》を発《た》ったのだという。漁村で舟《ふね》を借りて後を追い、甚八《じんぱち》の船を見つけて乗りうつった。甚八の部下とは鉄砲《てっぽう》の売買で顔見知りだから、船を動かしてもらうことができた。

「おおかた、わなでもなんとかなると思っていたのだろう。ところが、実際《じっさい》は危《あぶ》ないところだった」

「まあ、みんな生きているんだから、いいじゃないか」

鎌之介《かまのすけ》が言ったが、じろりとにらまれただけだった。

「今後、幕府《ばくふ》に目をつけられるのはまちがいない」

「もう目はつけられているだろ。監視《かんし》がついているんだから」

鎌之介が食ってかかるのは、わなにかかった負い目があるからだ。それに気づいたか、六郎は追及《ついきゅう》をやめた。

「とにかく、危険《きけん》な行動はつつしむように。おぬしらが思う存分暴《ぞんぶんあば》れられる機会はきっとくる、とお屋形《やかた》様はおっしゃっている」

「たとえわなでも、宝《たから》さがしは楽しかったよ」

佐助《さすけ》の言葉で、鎌之介《かまのすけ》がはっと気づいた。

「あ、舟《ふね》のお宝は？」

「ここにあるぞ」

最後にあがってきた甚八《じんぱち》が、ぼろきれに包まれたものを甲板《かんぱん》に放りだした。重そうな音を立てて転がった包みから、黄金色の輝《かがや》きがもれた。

「大判《おおばん》だ……はじめて見たぞ、おれ」

鎌之介がため息をもらした。手のひらからはみだすほどの大きさのだ円形の金だ。それが三枚《まい》ある。

「どれくらいの価値《かち》があるの？」

佐助がたずねると、六郎《ろくろう》が不機嫌《ふきげん》そうに答えた。

「一枚あれば、五十人の兵を一年食わせられる」

六郎らしい現実《げんじつ》的な回答である。海賊《かいぞく》たちはずいぶんと幕府《ばくふ》に貢献《こうけん》していたようだ。

さて、この大判をどうするか。

たずねられる前に、黒六郎《くろろくろう》が甚八《じんぱち》に言った。

「とっておけよ。見つけたのはおぬしだし、今日は世話になったからな。部下たちに分けてやるといい」

「ありがたいが、みんなはそれでいいのか」

文句《もんく》を言う者はいなかった。金だけが目的で宝《たから》さがしをしたわけではないのだ。六郎も腕《うで》を組んでうなずいている。

「よし、まずはどこかに上陸して酒を仕入れるか」

甚八《じんぱち》が部下たちに告げると、大歓声《だいかんせい》があがった。みなこぶしをつきあげ、口々に何か叫《さけ》んでいる。真田《さなだ》家をたたえる声が多い。

大さわぎのなか、佐助《さすけ》は六郎に呼《よ》ばれた。

「帰ってからの話になるが、これからおぬしには、九度山《くどやま》につめてもらおうと思っている」

表情《ひょうじょう》を見るかぎり、宝さがしを怒《おこ》っているわけではなさそうだ。

「心配しすぎかもしれないが、お屋形《やかた》様に忍《しの》びが近づいてくるおそれもある」

今回のわなは、幕府《ばくふ》に敵対する者をおびきよせて一網打尽《いちもうだじん》にする狙《ねら》いがあったと、六郎は考えている。そのために、豊臣家《とよとみけ》を助けて幕府《ばくふ》を倒《たお》すための資金《しきん》、などという話を用意したのだ。あの海賊《かいぞく》は幕府に味方する勢力《せいりょく》だ。一行が真田家《さなだけ》の者とはばれていないだろうが、どこかで情報《じょうほう》がつながるかもしれない。そうしたら、わなを考えた者は、もとを断《た》とうとするのではないか。

「つまり、お屋形《やかた》様をお守りすればいいんだね」

「そういうことだ。ただし、十蔵《じゅうぞう》たちにあやしまれないようにな」

「まかせとけ」

佐助《さすけ》は力強くうけあった。外に出られなくなるのは少し残念だが、信頼《しんらい》されて新しい任務を与《あた》えられたことがうれしかった。

四 危《き》機《き》一《いっ》髪《ぱつ》

1

「ほう、真田《さなだ》家の者がのう」

本多正信《ほんだまさのぶ》は報告《ほうこく》を聞いて、眠《ねむ》たげな目を少し開いた。といっても、たれさがったまぶたに隠《かく》されて、眼光《がんこう》は見えない。

「流罪《るざい》の身でよからぬことを企《たくら》んでおるのですから、切腹《せっぷく》させるべきですな」

報告した家臣が進言したが、正信はひらひらと手をふって否定《ひてい》した。口のなかで含《ふく》むように言葉を発する。

「昌幸《まさゆき》が生きておればまだしも、その息子など、まともに相手をするにはおよばぬ」

家臣は聞き取れなかったようで、表情《ひょうじょう》をこおりつかせたまま、正信の様子をうかがっている。聞き返していいものかどうか、判断《はんだん》がつかないのだ。

「まともに相手をするな、と言っておる」

くりかえすと、家臣はほっとして緊張《きんちょう》をゆるめた。

「はっ、では捨《す》てておくということでよろしいでしょうか」

正信《まさのぶ》はため息をついた。家臣が気の利《き》かないことにあきれたようだった。

「知られぬように始末してしまえばよかろう」

茶でも頼《たの》むように言って、正信は目を閉《と》じた。

「金はいくらかけてもよい。渡《わた》りの忍《しの》びを使い、後でその者の口も封《ふう》じるのだ」

「はっ、ご命令のとおりに」

家臣は雷《かみなり》に打たれたように平伏《へいふく》した。ひたいに冷や汗《あせ》がにじんでいた。ひよわな老人にしか見えない正信だが、底の知れないおそろしさがある。

正信は手ぶりで家臣を退出《たいしゅつ》させると、考えにしずんだ。徳川《とくがわ》の天下を固めるための策略《さくりゃく》が、まだいくつも頭のなかにあった。

猿飛佐助《さるとびさすけ》は昼と夜が逆転した生活を送っていた。真田幸村《さなだゆきむら》を暗殺者の手から守るためである。昼は望月六郎《もちづきろくろう》と海野六郎《うんのろくろう》がわきをかため、夜は佐助が外で見張り、さらに穴山小助《あなやまこすけ》が幸村《ゆきむら》の寝所《しんじょ》の前で待機する態勢《たいせい》だ。

来るかどうかわからない敵を待つのは、つらい任務である。片時《かたとき》も集中を切らせない。それが数カ月もつづいている。

屋根裏《やねうら》や軒下《のきした》に敵がいないかたしかめ、屋敷《やしき》のまわりを一周し、それから屋根に寝《ね》そべって見張る。完全に気配を消しているので、虫すらも存在《そんざい》に気づかない。修行をつんだ佐助《さすけ》は、月や星のわずかな明かりがあれば、昼間と同じように見える。しかし、頼《たよ》るのは目よりも全身の感覚だ。

その夜、佐助のするどい感覚が異変《いへん》をとらえた。

最初は、誰《だれ》かが厠《かわや》に立った音だった。用を足し終えて、足音が部屋にもどる。それを待っていたかのように、何者かの気配が動きだした。村はずれの川岸から、屋敷に近づいてくる。佐助は体の向きを変えて、そちらを見た。

闇《やみ》に溶《と》けこむようにして、音もなく駆《か》けてくる影《かげ》がある。灰色《はいいろ》の装束《しょうぞく》をまとった小柄《こがら》な忍《しの》びだ。

佐助は手裏剣《しゅりけん》を軽くにぎって、敵の接近《せっきん》を待った。できることなら、捕《と》らえて目的や雇《やと》い主を聞きだしたい。

忍《しの》びは屋敷《やしき》の手前でとまり、木の陰《かげ》で様子をうかがっている。佐助《さすけ》は息をひそめて待った。じりじりと時がすぎていく。

一瞬《いっしゅん》、忍びが姿《すがた》を消したように見えた。そうではなかった。体勢《たいせい》を低くして、地を這《は》うように移動《いどう》をはじめたのだ。またたくまに、屋敷の門にたどりついた。ひらりと門を乗りこえ、庭に下りたつ。

充分《じゅうぶん》に引きつけた。

佐助は立てつづけに手裏剣《しゅりけん》を投げた。

風を切る音に気づいて、忍びが飛びのく。だが、佐助はその動きを予測《よそく》していた。二発目が太ももに命中し、忍びはひざをついた。

「動くな。降伏《こうふく》すれば命まではとらない」

佐助は警告《けいこく》したが、かえってきたのは棒《ぼう》手裏剣だった。難《なん》なくよけたが、その隙《すき》に敵は逃《に》げだしている。

「賊《ぞく》だ！」

佐助《さすけ》は叫《さけ》んで危険《きけん》を知らせると、屋根から高く飛んで、門の外に着地した。逃《に》げる敵を追って走りだす。

太ももに傷《きず》を負った敵の忍《しの》びは、速度があがらない。ばらばらとまかれるまきびしをよけて、佐助は距離《きょり》をつめる。敵がふりむく。思ったより年齢《ねんれい》が高く、中年の男のようだ。

「もう逃げられないぞ。あきらめろ」

呼《よ》びかけると、敵は何かを地面にたたきつけた。爆発《ばくはつ》して煙《けむり》がわきでる。甘《あま》いにおいがただよってくる。

佐助は息をとめて煙の中を駆《か》けぬけた。煙を吸《す》いこんでいないので、体に影響《えいきょう》はない。敵との距離も離《はな》れていない。

大量のまきびしを跳《と》んでかわす。頭上から落ちかかってくる手裏剣《しゅりけん》を左によける。佐助の感覚はとぎすまされていた。集中力も高まっていて、まわりがよく見えている。負けるはずがないと思えた。一歩ごとに敵に迫《せま》る。

敵の忍びは逃げるのをあきらめ、ふりかえって忍者刀《にんじゃとう》を抜《ぬ》いた。佐助も牽制《けんせい》のために手裏剣を投げてから、忍者刀を抜く。

「なんだ、若造《わかぞう》じゃねえか」

はじめて、敵が口を開いた。

「今日は運が悪いと思ったが、そうでもなさそうだ」

安っぽい挑発《ちょうはつ》である。佐助《さすけ》はあえて返事をしなかった。敵が佐助をあなどっていないことは、かまえや目つきでわかる。相手の実力を見きわめられないような忍《しの》びが、生き残れるはずはない。年齢《ねんれい》を重ねているということは、それだけ用心深いということだ。

「腕《うで》を切ろうか、それとも目をつぶしてやろうか」

敵は刀を揺《ゆ》らしながら舌《した》なめずりした。にもかかわらず、間合いを広くとって、攻撃《こうげき》をしかけてくる気配はない。足に怪我《けが》をしているからだろう。向かいあった雰囲気《ふんいき》では、剣《けん》の腕《うで》は黒六郎《くろろくろう》に匹敵《ひってき》すると思われる。

佐助はすっと間合いをつめた。敵が同じだけ下がる。佐助はまた慎重《しんちょう》に前に出ると見せかけ、いきなり踏《ふ》みこんで斬《き》りつけた。

敵が小さく声をあげて飛びのく。刀の先に手応《てごた》えが残った。

佐助はすかさず追撃《ついげき》をかける。忍者刀《にんじゃとう》が激《はげ》しくぶつかりあい、するどい金属音がひびきわたった。

五合《ごう》ほど打ち合って、佐助《さすけ》はいったん刀をひいた。刀の先にひっかかった布《ぬの》の切れ端《はし》をふりおとす。最初の一撃《いちげき》は忍《しの》び装束《しょうぞく》を切りさいて、皮一枚《まい》切っていた。敵は肩《かた》で息をしている。

「降参《こうさん》しろ。まもなく応援《おうえん》が来るぞ」

「それがいいかもな」

敵がだらりと腕《うで》をさげる。と見せかけて、下からするどい突《つ》きを放つ。

しかし、佐助はそれを読んでいた。かわしながら忍者刀《にんじゃとう》をたたきつける。澄《す》んだ音がして、敵の刀が地に転がった。

敵が短刀を出そうとするところ、佐助は忍者刀を横にふるった。

うぐっ、と声をもらして、敵がひざをつく。腹《はら》をおさえた手の間から、血がしたたり落ちる。とらえた瞬間《しゅんかん》に手加減《てかげん》したから死ぬほどの傷《きず》ではないが、もう動けないだろう。

背後《はいご》から仲間の足音が近づいてくる。

「佐助、無理はするなよ」

黒六郎《くろろくろう》の声だ。

佐助《さすけ》は敵に忍者刀《にんじゃとう》を突《つ》きつけた。

「観念しろ」

だが、敵は身をひるがえした。迫力《はくりょく》が足りなかったのか。

背《せ》を向けた敵に、佐助は体当たりをくらわせた。地面に転がる敵を仰向《あおむ》けにし、両手を押《お》さえる。蹴《け》ってくる足をひざでとめ、完全に封《ふう》じこめた。

「誰《だれ》に頼《たの》まれて、何をするつもりだった？」

敵は血の気が引いて苦しそうだ。灰色《はいいろ》の忍《しの》び装束《しょうぞく》の腹《はら》のあたりが真《ま》っ赤《か》に染《そ》まっている。

「話せば血止めしてやるぞ」

敵がにやりと笑った。

「甘《あま》いな、若造《わかぞう》」

「なに!?」

敵が口をすぼめた。まずい、と思ったときは遅《おそ》かった。

必死にそむけたほおに、何かが刺《さ》さるのを感じた。

「佐助《さすけ》！」

声が遠くに感じる。体がしびれて動かない。意識《いしき》が薄《うす》れていく。

しくじった。忍《しの》びを生け捕《ど》りにしようなどと考えたのがまちがいだったのだ。

後悔《こうかい》のなかで、佐助は崩《くず》れおちた。


戦いを離《はな》れたところから見つめる男の影《かげ》がある。

佐助が倒《たお》れると、影は一瞬《いっしゅん》、足をふみだしかけた。

だが、ふっと苦笑して、足をとめる。

仲間たちが佐助の体を抱《かか》えて、屋敷《やしき》へともどっていく。忍びは殺されたようで、死体も運ばれていく。

ふくろうが鳴いた。

影はさっと長身をひるがえして、闇《やみ》に消えていった。

2

六郎《ろくろう》と黒六郎《くろ》が暗い顔で話しあっている。

「毒なのか」

「まちがいない。吸《す》いだすのがもう少し遅《おそ》ければ、今ごろは生きてないだろう」

「こういう任務を与《あた》えたのだから、もっと厳《きび》しく言っておくべきだった」

ため息をつく六郎の視線《しせん》の先で、佐助《さすけ》は床《とこ》についていた。顔は人形のように真っ白で、ほとんど息をしていないように思われる。目はかたく閉《と》じられ、手も足もぴくりとも動かない。

「あやしい者は殺せ、と命じないといけなかったのだ。私《わたし》の責任《せきにん》だ」

自分を責《せ》める六郎に、黒六郎が言う。

「それはちがう。佐助はあれでいいんだ」

「だが、敵を殺せないようでは、忍《しの》びはつとまらぬ。今も死にかけているではないか」

黒六郎《くろろくろう》は直接《ちょくせつ》には反論《はんろん》しなかった。

「……おれがあと一歩、早かったらな。悪いのはおれだ」

ふすまが開いた。幸村《ゆきむら》の姿《すがた》を見て、ふたりの六郎が平伏《へいふく》する。

「佐助《さすけ》が怪我《けが》をしたと聞いたが」

幸村は佐助の様子を確認《かくにん》して、わずかに眉《まゆ》をあげた。

「よくないのか」

「はい。あとは本人の生命力が頼《たよ》りです」

「紀州藩《きしゅうはん》に頼《たの》んで、医者を寄《よ》こしてもらえ」

幸村の命令に、六郎はすぐに返事をしなかった。

「……佐助は忍びです」

忍びの存在《そんざい》が紀州藩に知られるのはまずい。そういう意味だったが、幸村はそれでもいい、とうなずいた。

「命には代えられぬ」

「手配いたします」

六郎《ろくろう》が立ちあがって、部屋を出て行く。幸村《ゆきむら》はその背《せ》を見送ってから、黒《くろ》六郎に向き直った。

「かえでに看病《かんびょう》させるといい」

「それは名案です。必ずよくなるでしょう」

黒六郎は答えて、かすかにほおをゆるめた。これだけ忍《しの》びを大切にする主君はほかにいるまい。

みなのためにも、佐助《さすけ》はきっと回復《かいふく》する。心の中でくりかえした。


かえでは泣き疲《つか》れて、布団《ふとん》の上に突《つ》っ伏《ぷ》していた。

看病といっても、熱があったり、呼吸《こきゅう》が乱《みだ》れたりするわけではない。佐助はただ静かに、体の中で毒と戦っていた。ごくわずかに胸《むね》が上下し、ときおり眉《まゆ》をひそめることが、生きているあかしだった。だから、かえでは神仏《しんぶつ》に祈《いの》ることしかできない。

右手は佐助の手をにぎりしめたままだ。雪のように冷たい手におどろいた。体温をわけてあげたいと思った。

いつのまにか眠《ねむ》っていたのかもしれない。鳥の声を耳にして、かえでは身を起こした。

佐助《さすけ》に変化はない。

「あたしをおいて死んだりしたら、絶対《ぜったい》に許《ゆる》さないんだから」

耳もとでささやいてやった。いつも佐助には憎《にく》まれ口をたたいてしまう。もちろん、それは気を許しているからだ。屋敷《やしき》にはほかに、同年代の若者《わかもの》はいない。いや、いたとしても、佐助への気持ちは変わらないだろう。

「いつものように笑ってよ。別にどこにも連れて行ってくれなくてもいいから、もう一度声を聞かせてよ」

悲痛《ひつう》な叫《さけ》びが、佐助の胸《むね》にしみこんでいく。

熱い涙《なみだ》の粒《つぶ》が、あごのあたりに落ちた。

佐助がかすかに身じろぎした。

かえではっとして顔をあげた。

「佐助？　目が覚めたの？」

呼吸《こきゅう》が回復《かいふく》し、心なしか顔色もよくなっているように思える。毒との戦いに勝ったにちがいない。かえでは佐助《さすけ》を起こそうとほおをはたいた。

「佐助、いつまで寝《ね》てるの！」

佐助が顔をかばうように腕《うで》をあげた。

目が開く前に声が出た。

「なんだよ、痛《いた》いなあ」

佐助はぱっと目を開け、起きあがろうとしたがかなわなかった。かえでが抱《だ》きついたからである。

「ちょ、ちょっと待てよ。動けない」

抗議《こうぎ》されて、かえではあわてて離《はな》れた。とりつくろうように笑みを浮《う》かべる。

「よかった。お腹《なか》は減《へ》ってない？」

佐助は半身を起こそうとして、またしても失敗した。体に力が入らないのだ。

「それより、お屋形《やかた》様は？」

「ご無事よ。まずは自分の心配をしたらどう？　死んでもおかしくなかったのよ」

「生きてたんだからいいだろ。望月《もちづき》様と海野《うんの》様を呼《よ》んでくれ」

いきなり言われて、かえではほおをふくらませた。

「もうすこしおとなしくしてたら？　じきにお医者様も来るわよ」

「そんな場合じゃない。お屋形《やかた》様がまたおそわれるかもしれないんだ」

佐助《さすけ》の剣幕《けんまく》におどろいて、かえでは立ちあがった。とにかく六郎《ろくろう》を呼ぼうとしたとき、ふすまが開いて浅黒い顔があらわれた。

「お、気づいたか」

黒《くろ》六郎が顔をくしゃくしゃにして喜ぶ。

「ちょうど医者が来たんだが、念のために診《み》てもらうか」

「いや、おれは大丈夫《だいじょうぶ》。それより、お屋形様が危《あぶ》ない。望月様と、それから清海《せいかい》と伊佐《いさ》を呼んできて」

黒六郎が表情《ひょうじょう》をひきしめる。

「あの忍《しの》びから何か聞いたのか。だが、清海と伊佐はすぐにつかまるかわからぬぞ」

「急いでくれ。清海が必要なんだ」

佐助《さすけ》は力をふりしぼって、なんとか上半身を起こすことに成功した。さらに立ちあがろうとするのを、黒六郎《くろろくろう》が押《お》しとどめる。

「わかったから、ざっと事情《じじょう》を説明してくれ」

佐助がかいつまんで話すと、黒六郎はにやりと笑った。

「なるほど、たしかに清海《せいかい》の出番だな。よし、あとはおれたちにまかせておけ。佐助は休んで体力を取りもどすんだ」

「でも……」

「戦いになったら、おぬしの力も必要だ」

そう言われて、佐助はおとなしく横になった。眠《ねむ》りに落ちる寸前《すんぜん》、かえでの顔が見えたような気がした。

ありがとう、とつぶやいて、佐助は眠りについた。

ふたりの六郎は、三好《みよし》清海と三好伊佐《いさ》の兄弟にくわえ、穴山小助《あなやまこすけ》と由利鎌之介《ゆりかまのすけ》もまじえて、作戦をねった。小助はもともと屋敷《やしき》につめていたのだが、鎌之介は呼《よ》んでないのに、いつのまにか参加していた。

「佐助《さすけ》の仇《かたき》をとるんだろ。おれも一枚《いちまい》かませてくれ」

「仇って、おい。死んだわけじゃないぞ」

「わかってるよ。それくらいの意気ごみでかかるってことだ」

楽しそうに言いあう鎌之介《かまのすけ》と黒六郎《くろろくろう》を無視《むし》して、六郎が話を進めた。説明を聞いた伊佐《いさ》が眉《まゆ》を寄せる。

「本当にそれで防《ふせ》げるのか？」

「わからぬが、準備《じゅんび》はしておくべきだろう」

「その点には反対はしない。だが、今晩《こんばん》までに、というのは忙《いそが》しいな。昨日の今日でおそってくると思うか？」

「佐助は来る、と言っている」

敵は佐助がいないときを見計らって、おそってくる可能性《かのうせい》が高い。つまり、毒の影響《えいきょう》で寝《ね》こんでいる今夜が危《あぶ》ないのだ。

「なるほど、守るほうに忍《しの》びがいなければ、侵入《しんにゅう》はしやすいな」

「それだけが理由ではないらしいのだが……」

六郎《ろくろう》は言いかけて、自分で否定《ひてい》した。

「いや、あいまいな情報《じょうほう》をもとに戦略《せんりゃく》をたてるべきではないな」

軍議の最後に、黒《くろ》六郎が一同を見渡《みわた》して告げた。

「今度の作戦では、敵を生かして捕《と》らえるのが目標だ。これだけの人数がそろっているんだから、簡単《かんたん》に殺してはならぬぞ」

鎌之介《かまのすけ》が口の端《はし》をあげて笑った。

「佐助《さすけ》のためなら仕方ないな。清海《せいかい》は気をつけろよ」

「この作戦では、おれに活躍《かつやく》の機会がないではないか」

「いやいや、おぬしが主役だよ」

清海の小山のような肩《かた》を、黒六郎が強くたたいた。

六郎はすでに材料集めにむかっている。伊佐《いさ》は屋敷《やしき》の図面をにらむように見つめている。

小助《こすけ》は清海の杖《つえ》を借りて作業をはじめていた。

西日がさしこんで、夜の近いことを知らせる。残された時間は多くない。やがて一同は無言になって、準備《じゅんび》に集中しはじめた。

3

屋敷《やしき》の守りは完璧《かんぺき》であるはずだった。屋根には伊佐《いさ》が上り、周囲は鎌之介《かまのすけ》が見回り、清海《せいかい》が庭にひかえていた。中は黒六郎《くろろくろう》と小助《こすけ》が警戒《けいかい》している。

それでも、侵入《しんにゅう》は防《ふせ》げなかった。誰《だれ》も気づかなかった。

畳敷《たたみじ》きの寝所《しんじょ》の中央に布団《ふとん》が敷《し》いてあり、幸村はそこでひとりで寝《ね》ている。ろうそくの炎《ほのお》はすでに消えており、部屋はほとんど真っ暗だった。障子《しょうじ》をすかしたわずかな月光がすべてである。

闇《やみ》に人のかたちが浮《う》かびあがった。長身を折りまげて布団のわきにひざをつき、短刀らしきものをかまえる。

それが今にも突《つ》きたてられようとしたとき、ほんのわずかな殺気を感じて、六郎は布団をはねあげた。

布団《ふとん》が短刀をまきこむと同時に、忍《しの》びは飛びのいた。まったく音はしなかった。片《かた》ひざをついた姿勢《しせい》の六郎《ろくろう》を見すえて、地を這《は》うような低い声でたずねる。

「やはり影武者《かげむしゃ》か。幸村《ゆきむら》はどこにいる」

六郎のこめかみを冷や汗《あせ》がつたった。目は閉《と》じていたが、眠《ねむ》っていたわけではない。なのに、ぎりぎりまで気づかなかった。

「答えるはずはないな。屋敷《やしき》ごと爆破《ばくは》するか」

敵がそれをしないことはわかっている。任務の達成を確認《かくにん》できないような荒《あら》っぽい手段《しゅだん》をとる男ではない。それでも、背《せ》すじに寒気が走った。六郎はふところで短刀をにぎりしめていたが、てのひらが汗でぐっしょりとぬれていて、正確《せいかく》にふるう自信はない。

音をたてて、ふすまが開いた。

「来たか!?」

黒《くろ》六郎が刀をかまえて飛びこんできた。その背後《はいご》に、小助《こすけ》の姿《すがた》もある。

小助はいきなり矢を放った。忍びは半回転するように体を傾《かたむ》けてかわし、そして消えた。

「どこだ!?」

黒六郎《くろろくろう》は叫《さけ》んだが、たずねるまでもなかった。庭につづく障子《しょうじ》が開いて、風が流れこんできている。

「まずい。逃《に》がすな!」

自分も庭へ飛びだそうとして、黒六郎は寸前《すんぜん》でふみとどまった。目の前を、棒手裏剣《ぼうしゅりけん》が横切っていく。狙《ねら》われていたのだ。

黒六郎は六郎と小助《こすけ》に別の出口にまわるよう指示《しじ》し、慎重《しんちょう》に外に出た。

するどい金属音が鳴りひびく。

庭の中央で、鎌之介《かまのすけ》と忍《しの》びが戦っていた。鎌之介がくりだす変幻自在《へんげんじざい》の攻撃《こうげき》を、忍びは余裕《よゆう》をもって見切っている。月明かりに正面から照らされて、忍びのほおの傷《きず》がはっきりと見えた。

「霧隠才蔵《きりがくれさいぞう》だな。上田《うえだ》以来か」

黒六郎が確認《かくにん》したが、才蔵はなんの反応《はんのう》もしめさなかった。鎖鎌《くさりがま》をかわしてふみこみ、忍者刀《にんじゃとう》で下から切りあげる。

「ひょっ」

妙《みょう》な声をあげて、鎌之介《かまのすけ》が飛びすさった。ぎりぎりの攻防《こうぼう》であった。伊佐《いさ》が屋根の上から短刀を投げなかったら、鎌之介は斬《き》られていただろう。しかし、このお調子者はひるむことなく、鎖鎌《くさりがま》をかまえて立ちむかう。

「おれ以外に、まともにやりあえそうなやつがいないんでね」

鎌之介がうそぶくと、反対側で黒六郎《くろろくろう》が異議《いぎ》を唱えた。

「自分の評価《ひょうか》が高いのはともかく、他人を低く見るのはどうかな」

「ん？　誰《だれ》のことだ？」

才蔵《さいぞう》をはさんでふたりが言い合ううちに、仲間たちは包囲の態勢《たいせい》をととのえていた。伊佐が屋根から短刀で、小助《こすけ》は弓で、六郎は鉄砲《てっぽう》で狙《ねら》いをつけている。逃《に》げ場所はないように思われた。

「ふ、つきあっていられぬな」

身をひるがえそうとする才蔵に、黒六郎が話しかける。

「この人数に囲まれて、無事ですむと思うか？　おとなしく降伏《こうふく》しろ。佐助《さすけ》がおぬしといっしょに戦いたいとさ」

才蔵《さいぞう》は傷《きず》をゆがめて苦笑した。

「そんな甘《あま》いことを言っているから、あのような目にあうのだ」

「佐助《さすけ》はおぬしの手下に殺されそうになっても、恨《うら》み言《ごと》をまったく言わなかったぞ」

「恨みも怒《いか》りも喜びも、忍《しの》びに必要はないものだ」

話しながら、才蔵は細かく立ち位置を変えている。五人だけではなく、岩の陰《かげ》にひそんでいる清海《せいかい》にも気づいているようだ。

「そのわりに、佐助のことは気にするんだな。今夜きたのは、佐助を殺したくないからだろう」

返答の代わりに、才蔵はふところに手を入れた。一同に緊張《きんちょう》が走る。

「いずれ、また」

才蔵の手が動いたかに見えた次の瞬間《しゅんかん》には、白い煙《けむり》がわきおこっていた。甘《あま》い香りが夜の闇《やみ》に広がっていく。

「清海！」

伊佐《いさ》の指示《しじ》と重なるように、清海《せいかい》が雄叫《おたけ》びをあげた。

煙《けむり》が飛ばされ、視界《しかい》が広がった。

才蔵《さいぞう》は声こそ出さなかったが、おどろいて足をとめた。このとき、すぐ近くにいたのが小助《こすけ》である。

小助はとっさに矢を射《い》たが、これはかわされた。だが、才蔵も大きく体勢を崩《くず》している。小助は弓を投げつけると同時に回し蹴《げ》りを放った。

意表をついた攻撃《こうげき》をかわしきれず、才蔵が倒《たお》れる。小助はそのままの勢《いきお》いで、才蔵の足にだきついた。駆《か》けよった黒六郎《くろろくろう》と鎌之介《かまのすけ》が腕《うで》を一本ずつつかみ、うつぶせにして地面に押《お》しつける。

才蔵は土まじりのつばをはきすてた。完全に手足をとられたうえに、頭も背中《せなか》も押さえられ、どこも動かすことができない。

強風が煙を完全に払《はら》った。

「清海、もういいぞ」

伊佐に言われて、清海が巨大《きょだい》なうちわをおろした。杖《つえ》を柄《え》にして、木と紙を張りあわせてつくったものだ。怪力自慢《かいりきじまん》の清海《せいかい》でなければ、とてもあおぐことはできない代物である。

これが、才蔵《さいぞう》の術《じゅつ》を破《やぶ》るために佐助《さすけ》が考えた作戦であった。

目だけを動かして、うちわを見出《みいだ》した才蔵は、ふっと力を抜《ぬ》いた。

「あのようなものにしてやられるとは、笑うしかないな」

「それについては同感だ」

黒六郎《くろろくろう》にため息でこたえて、才蔵は告げた。

「殺せ」

「それはできない相談だな。なんのためにこんな苦労をしたか、おぬしもわかるだろう」

「任務に失敗した忍《しの》びに、死ぬ以外の道はない」

「ここで格好《かっこう》つけても、誰《だれ》もほめてくれないぞ」

茶化《ちゃか》す鎌之介《かまのすけ》を伊佐《いさ》がこづいた。

黒六郎が説得をつづける。

「おぬしを雇《やと》ったのは幕府《ばくふ》側の者で、仕事はお屋形《やかた》様の暗殺であろう。そのことについては、とやかく言うまい。その仕事は失敗に終わったものとして、新しくおれたちの仲間にくわわるというのはどうだ？」

「言葉を飾《かざ》ったところで、裏切《うらぎ》りには変わりない。仕事を成功させるか、期限《きげん》が切れるか、あるいは自分が死ぬか……。それまでは決して裏切らぬのが渡《わた》りのおきてだ」

「そのようなおきてにこだわってどうする。生きて世の中を変えようとは思わぬか」

「忍《しの》びは雇《やと》い主の意思にしたがうものだ。自分の都合や好みでは動かぬ」

「頑固《がんこ》だねえ」

鎌之介《かまのすけ》がぼやいた。その拍子《ひょうし》に力がゆるんで、才蔵《さいぞう》が腕《うで》をあげようとした。隣《となり》にいた伊《い》佐《さ》があわてて押《お》さえる。一方、足をかかえる小助《こすけ》は無言で自分の役割《やくわり》を果たしている。

「才蔵！」

六郎《ろくろう》に背負《せお》われて、佐助《さすけ》があらわれた。

「この前とは、立場が逆になったな」

佐助が正面に来ても、才蔵は横向きの顔を動かそうとしなかった。

「おぬしなら、私《わたし》の気持ちがわかるだろう。殺せ」

「それはできない。もっと教えてほしいことがたくさんあるんだ」

「おれのほうには教えるべきことも教える理由もない」

本音ではないとしめすかのように、声はかたく、感情《かんじょう》がこもっていない。佐助《さすけ》はふらつく足で横にまわって視線《しせん》をあわせようとするが、才蔵《さいぞう》はそれを拒否《きょひ》する。

「手足を放してあげて」

佐助が頼《たの》むと、黒六郎《くろろくろう》は眉《まゆ》をひそめた。

「おい、それはさすがに……」

「才蔵は絶対《ぜったい》に逃《に》げないから」

鎌之介《かまのすけ》が真っ先に手を放した。

「女の腕《うで》なら、ずっと持っていてもいいんだがな」

小助《こすけ》も足を放して立ちあがる。黒六郎もそれにならった。

解放《かいほう》された才蔵は茫然《ぼうぜん》として、佐助をながめた。

「これで話ができる」

佐助が言うと、才蔵はゆっくりと身を起こした。油断《ゆだん》のない視線を周囲に送ってはいるが、とまどった様子を隠《かく》しきれてはいない。

「どういうつもりだ。先日、おれはおぬしを生かして捕《と》らえたが、わざと逃《に》がしはしなかったぞ」

「別に借りを返したいわけじゃない。おれはちゃんと話がしたいだけだ」

佐助《さすけ》がまっすぐに見つめると、才蔵《さいぞう》はまぶしいものでも見るかのように目を細めた。

「話が終わったら、帰らせてもらうぞ。そして、もう一度、幸村《ゆきむら》の命をいただきにくる」

「何を!?」

ふたりの六郎《ろくろう》が刀に手をかけた。才蔵は敵意がないことをしめすように、両手をあげてみせた。

「話は聞いてやると言っている」

佐助はふところに手を入れた。何をするのかと、一同が不思議そうに見守るなか、土で汚《よご》れた小さな箱を取りだす。蓋《ふた》を開けると、銀色の輝《かがや》きがもれだした。銀の粒《つぶ》や銭《ぜに》がぎっしりとつまっている。

「この十年でためたんだ。これで、才蔵を雇《やと》いたい」

「はあ?」

鎌之介《かまのすけ》が口をぽかんと開けた。黒六郎《くろろくろう》はおいおい、とたしなめるような、あきれたような声をあげた後、言葉をつづけられなくなっている。

ほかの者も目が点になっていた。

「くっくっくっく……」

才蔵《さいぞう》は笑いだしていた。口に手をあて、涙《なみだ》まで浮《う》かべて、おもしろくてたまらないという様子である。

「なんだよ、おれは本気で言ってるんだぞ」

六郎が気の毒そうに佐助《さすけ》と箱を見やって、声をかけようかどうか迷《まよ》っている。渡《わた》りの忍《しの》びを雇《やと》うには、とても足りない。それこそ、金の大判《おおばん》が何枚《まい》も必要なのだ。

しかし、才蔵は佐助をばかにしているのではなかった。しだいに、笑いよりも涙のほうが多くなっていく。

傷《きず》あとに沿《そ》って、涙がとめどなく流れおちて、地面をぬらす。

「そう言ったのは、おぬしでふたりめだ」

意味がわからずにとまどう佐助の手から、才蔵は箱を受けとった。

「雇《やと》われてやる」

「本当に？」

佐助《さすけ》は目を輝《かがや》かせた。願いがかなったことに、かえっておどろいていた。

仲間たちも同様で、まるで芝居《しばい》を見るかのようにふたりのやりとりに注目していた。鎌之介《かまのすけ》は何か言いたそうだが、さすがに遠慮《えんりょ》して、自分の手で口を押《お》さえていた。六郎《ろくろう》と黒《くろ》六郎は油断《ゆだん》なく、伊佐《いさ》は疑《うたが》わしげに、清海《せいかい》はおもしろそうに、小助《こすけ》はもらい泣きに目をうるませて、佐助と才蔵《さいぞう》を見比《みくら》べている。

しばし時が流れた。星がゆっくりと夜空をめぐっている。

才蔵はこぶしで涙《なみだ》をぬぐって、観客たちを見渡《みわた》した。

「幕府《ばくふ》の動きからすると、戦《いくさ》は遠くないぞ。心しておくことだ」

その助言は明らかに照れ隠《かく》しだったが、六郎と黒六郎は顔を見あわせてうなずいた。

「二の矢、三の矢があるかもしれぬ。警戒《けいかい》をつづけるとともに、戦に備《そな》えるとしよう」

六郎は才蔵に佐助とともに森の隠《かく》れ家《が》に行くようすすめた。

「佐助の身体《からだ》が回復《かいふく》するまで、もう二、三日はかかるだろう。守ってやってくれ」

「言うまでもない。もうすでに、おれの主人は佐助《さすけ》だ」

才蔵《さいぞう》は佐助を背負《せお》って、闇《やみ》に消えていった。

「信用できると思うか」

六郎《ろくろう》がたずねると、黒《くろ》六郎は首をかしげた。

「さあな。普通《ふつう》に考えれば、信用できるはずはない。ただ、佐助を助けてくれたのはまちがいないし、あの目を見るとな……。渡《わた》りになったのも事情《じじょう》がありそうだし、信じてもいいんじゃないか」

六郎は軽くため息をついた。

「しかし、忍《しの》びというのは案外、人情に厚《あつ》いものなのだな」

「そりゃあ、そうだろう。でないと、身を捨《す》てて忠義《ちゅうぎ》を尽《つ》くそうだなどとは思うまい。つまり、おれたちと同じということだ」

「ちがいない」

ふたりの六郎は同時に夜空を見上げた。自分たちの将来《しょうらい》を、星々にたずねるかのようであった。

十蔵《じゅうぞう》は九度山村《くどやまむら》にいるときとはまったく異《こと》なる格好《かっこう》をしていた。熊《くま》の毛皮の代わりに灰《はい》色《いろ》の小袖《こそで》を身につけ、斧《おの》の代わりに刀を腰《こし》にさしている。頭の上には、かたちよく整えられたまげがのっていた。

上座《かみざ》にすわる主君にむかって、十蔵は平伏《へいふく》している。

「真田《さなだ》家によからぬ動きがあるとな」

たずねられて、十蔵は顔をあげた。

「はっ、どうやら屋敷《やしき》で忍《しの》び同士の戦いがあったもようです。さらに、あやしげな人物が何人も出入りしております」

「相手の忍びには心当たりがあるのか」

「いえ、存《ぞん》じませぬ。風体《ふうてい》からすると渡《わた》りかと」

主君はあごをさすって何やら考えていたが、やがて言った。

「わかった。またしばらく、監視《かんし》をつづけてくれ」

御意《ぎょい》、と応《おう》じてから、十蔵はためらいがちにたずねた。

「いつまで、このようなことをつづければよいのでしょうか」

主君への批判《ひはん》ととられかねない質問《しつもん》であったが、かえってきたのは苦笑だった。

「もうすぐ、もうすぐだよ。まもなく動きがあろう。おぬしの気持ちもわかるが、しばし辛抱《しんぼう》してくれ」

「はっ、つまらぬことを申しました。お許《ゆる》しください」

主君も同じ気持ちでいる。そう確信《かくしん》して、十蔵《じゅうぞう》はわずかに心のつかえがとれた気分であった。

五 大《おお》坂《さか》入《にゅう》城《じょう》

1

慶長《けいちょう》十九年（西暦《せいれき》一六一四年）に入ると、戦《いくさ》が近いという雰囲気《ふんいき》が日本全国をおおいはじめた。加藤清正《かとうきよまさ》をはじめとする、豊臣《とよとみ》家に心を寄せる有力大名が次々と世を去って、幕《ばく》府《ふ》が遠慮《えんりょ》する相手はいなくなった。家康《いえやす》も七十歳《さい》をすぎており、先のばしはできない。しかけるなら、ここしかない。

幕府の意図を察して、大坂城《おおさかじょう》の豊臣家も戦の準備《じゅんび》にとりかかっていた。浪人《ろうにん》を雇《やと》い、武《ぶ》器《き》を買いあつめている。

そして、方広寺《ほうこうじ》鐘銘《しょうめい》事件《じけん》が起こる。

京の方広寺を豊臣家が改修《かいしゅう》したとき、鐘《かね》に刻《きざ》まれた文に、幕府が文句《もんく》をつけた。「国家《こっか》安康《あんこう》」という部分が、家康の名前をふたつにわけて、呪《のろ》いをかけていると主張《しゅちょう》したのである。

豊臣家《とよとみけ》はあわてて使者を送り、そのようなつもりはないと説明したが、幕府《ばくふ》は最初から無理を承知《しょうち》で言いがかりをつけているのだから、聞く耳を持たない。秀頼《ひでより》が国替《くにが》えして大《おお》坂城《さかじょう》を出るか、母親の淀殿《よどどの》を人質《ひとじち》として差しだすか、どちらかを選べという要求をつきつけた。

大坂城は揺《ゆ》れた。

「こうなってはいたしかたない。お家《いえ》を守るためには、無茶な要求でものむしかないのではないか」

「いや、家康《いえやす》はどうあっても、われらを滅《ほろ》ぼすつもりだ。たとえしたがっても、次はそれ以上の難題《なんだい》を押《お》しつけられるだろう」

「そうだ。どうせなら、大坂城で戦ったほうがいい。秀吉《ひでよし》様が築いたこの堅城《けんじょう》なら、日本全国を敵にまわしても戦える」

「無理を言うな。戦って負ければ、みな殺しにされるぞ。生きのびることを考えよう」

様々な意見がかわされるも、結論《けつろん》はなかなか出ない。当主の秀頼は優柔不断《ゆうじゅうふだん》な性格《せいかく》のため、決断を下せなかった。

「私《わたし》が江戸《えど》にまいりましょう」

秀頼《ひでより》に相談された淀殿《よどどの》はそう言ったが、侍女《じじょ》に引きとめられた。

「江戸に行ったら、殺されるに決まっています。どうかお城《しろ》にとどまってください」

それを聞いて、秀頼も母を心配する。

「母上がいなくなったら、私はどうしてよいやらわかりませぬ。ほかの方法を考えましょう」

「おお、秀頼よ。そなたのような孝行息子《こうこうむすこ》をもって、私は幸せじゃ。江戸へはまいりませぬ。この大坂《おおさか》で、豊臣《とよとみ》の家を守ろうぞ」

母子はひしと抱《だ》きあったが、事態《じたい》はいっこうによくならない。

実は、大坂城《おおさかじょう》にはすでに幕府《ばくふ》方に寝返《ねがえ》った家臣や、侍女に化けた密偵《みってい》が多くいた。かれらは大坂方が戦いを選ぶように議論《ぎろん》を進めさせたり、重臣が裏切《うらぎ》っているとのうわさを流したりして、混乱《こんらん》させていた。

秀頼らはまんまと策《さく》にはまり、戦いへと追いこまれていく。

だが、追いこまれた戦いとはいえ、腹《はら》を決めると、秀吉《ひでよし》が残した城と金が物を言った。

米の売買が盛《さか》んな大坂《おおさか》の町から、たくさんの兵糧《ひょうろう》が城《しろ》に運びこまれた。豊臣《とよとみ》家を慕《した》う者、名をあげたい者、金目当ての者……大勢《おおぜい》の浪人《ろうにん》が集まってきた。とくに、関ヶ原《せきがはら》の戦いで敗れて主家《しゅけ》を失った武士《ぶし》が多かった。

「豊臣家を助けて、幕府《ばくふ》を倒《たお》すのだ！」

「今こそ、秀吉《ひでよし》様へ恩返《おんがえ》しするときだ！」

そういった声が日に日に高まっていく。

そして、大坂への勧誘《かんゆう》の使者は、九度山《くどやま》村にもやってきた。

大坂からの使者と真田幸村《さなだゆきむら》の話は、意外に早く終わった。幸村は使者を見送ってすぐに、望月六郎《もちづきろくろう》と海野《うんの》六郎を呼《よ》びよせた。

「予想どおりの用件《ようけん》であった。来たるべき戦《いくさ》において、豊臣家に味方してほしいとのことだ」

ようやくきたか、と黒《くろ》六郎は笑みを浮《う》かべてたずねた。

「して、お屋形《やかた》様はなんとお返事をなさいましたか」

「みなと相談して決める、と」

ふたりの六郎《ろくろう》は顔を見あわせた。幸村《ゆきむら》はすでに心を決めているにちがいない。それでも、家臣の意見を聞こうとしているのだ。

「われらの心はひとつです。先代の遺志《いし》を継《つ》ぎ、真田《さなだ》の名を高めるために、ぜひお受けなさいませ」

六郎が言うと、黒六郎もつづいた。

「お屋形《やかた》様の才を九度山《くどやま》にうもれさせてはなりません。幕府《ばくふ》を倒《たお》したい気持ちもありますが、おれはむしろ、お屋形様のお姿《すがた》を戦場で見たいのです」

幸村はゆっくりとうなずいた。いつものおだやかな口調で語る。

「そなたらの気持ちはありがたく思う。だが、分《ぶ》の悪い戦《いくさ》になるぞ。生きて帰れるかはわからぬ」

「むろん、覚悟《かくご》のうえでございます」

「そもそも、帰る場所などありませんから」

六郎は真剣《しんけん》そのものの表情《ひょうじょう》で、黒六郎は笑って、それぞれ答えた。

「わかった。では、準備《じゅんび》にかかってくれ」

幸村《ゆきむら》はふたりを送りだして、今度は穴山小助《あなやまこすけ》を呼《よ》んだ。事情《じじょう》を説明してたずねる。

「そなたはどうする？　今回もまた、兄上とは敵味方《てきみかた》に分かれることになりそうだ。望むなら、沼田《ぬまた》へ帰ってもよいぞ」

小助はつながった眉毛《まゆげ》をぴくりと動かした。腹《はら》を立てているようだった。

「幸村様をお助けせよ、というのが殿《との》の命でござる。たとえ、どこで誰《だれ》と戦うことになっても、それがしは幸村様をお守り申し上げる」

「すまぬ」

幸村が詫《わ》びたのは、小助の心情を理解《りかい》したからである。主君の命令にあくまで忠実《ちゅうじつ》にしたがうのが、小助の武士《ぶし》としての生き方だ。

「い、いや、謝《あやま》っていただくほどのことではござらぬ」

すこしあわてて、小助は言った。

「それに、それがしはここが気に入っているのでござる。命令にはもちろん、したがうのでござるが、自分で選べたとしても、結論《けつろん》は同じでござる」

聞きとれないほどの早口で述《の》べたてると、小助《こすけ》はあいさつをして引きさがってしまった。

翌日《よくじつ》、猿飛佐助《さるとびさすけ》が緊張《きんちょう》した面持《おもも》ちで、幸村《ゆきむら》の前にあらわれた。一歩さがって、霧隠才蔵《きりがくれさいぞう》が弟を守る兄のような顔でつきしたがっている。

「話は聞いておるな」

問われて、佐助ははい、と勢《いきお》いよく返事をした。

「おれ、うれしいです。ついにこの日が来たんですね。お屋形《やかた》様のもとで戦えると思うと、わくわくしてきます」

佐助の目には、幸村はつねにまぶしく映《うつ》っている。はじめて会って、声をかけられてからずっとである。戦場に身をおく者にとって、尊敬《そんけい》する主君のために戦えるのは、何よりの幸せだ。きっと、持てる以上の力が出せるだろう。

だが、幸村は佐助ほど幸せそうではなかった。

「正直に言えば、私《わたし》はそなたを戦場にともないたくない」

佐助は頭をなぐられたような気がした。才蔵が背後《はいご》で顔をあげたのがわかった。

「おれが甘《あま》いからですか」

自分でもわかっているのだ。非情《ひじょう》になりきれないのは。そのせいで、死にそうな目にもあった。忍《しの》びとして戦うためには、絶対《ぜったい》に直さなければならない。

「いや、あらためる必要はないのだ」

幸村《ゆきむら》は佐助《さすけ》の心を読んだように言った。

「ただ、そなたがちがう時代に生きておればな、と思っただけだ。なれど、言うても仕方のないことだ。そなたにしかできぬことは必ずある。その力で、私《わたし》を助けてくれ」

「は、はい」

幸村の言うことは佐助にはよくわからなかった。しかし、目をかけられ、期待されていることはわかった。それで充分《じゅうぶん》だ。

幸村は佐助に向けるのと同じような視線《しせん》を才蔵《さいぞう》に送った。

「おぬしも大坂《おおさか》まで来てくれるのか」

「私の雇《やと》い主は佐助だ。佐助が来いと言えば行く」

才蔵は目を伏《ふ》せて答えた。言葉遣《づか》いも仕草も礼にかなっていないが、幸村に気を悪くした様子はない。

「うむ。おぬしのような腕利《うでき》きの忍《しの》びが協力してくれるのはありがたい。上田《うえだ》のときは充《じゅう》分《ぶん》にむくいることができなくて申し訳《わけ》なかった。私《わたし》にできることがあれば、遠慮《えんりょ》なく言ってくれ」

「心遣《づか》いに感謝《かんしゃ》する」

にこりともせずに言って退出《たいしゅつ》した後で、才蔵《さいぞう》は佐助《さすけ》に語りかけた。

「よい殿様《とのさま》だな。臣下のことをよく考えている」

「そう思っているなら、態度《たいど》に出せばいいのに」

佐助が文句《もんく》を言うと、才蔵はそっぽを向いた。

「渡《わた》りは雇《やと》い主やそのまわりの者と、必要以上に親しくなってはならない。いつ敵になるかわからないからな」

ふうん、とうなずいてから、佐助はたずねた。

「じゃあ、おれは？」

「佐助は別だ」

理由を聞いても、才蔵は何も話してくれない。

「そういえば、才蔵《さいぞう》を雇《やと》おうとしたのはふたりめだって言ったよね。もうひとりは誰《だれ》なの？」

「さあな。それより、修行のつづきをするぞ」

才蔵は強引に話を終わらせた。まだ過去《かこ》を語る気にはなれないようだ。

「待って。鎌之介《かまのすけ》たちをさがしてこないと」

幸村《ゆきむら》は由利《ゆり》鎌之介、三好清海《みよしせいかい》、三好伊佐《いさ》の三人も呼《よ》んでいた。あの調子で、全員と話をするのだろう。かれらは山をくだった町にいるので、さがして連れてこなければならない。

「仕方ない。手分けするか」

佐助《さすけ》と才蔵は競うようにして駆《か》けだした。

幸村の前に出ると、傍若無人《ぼうじゃくぶじん》、勝手気ままの三人も若干《じゃっかん》おとなしくなる。三人とも生まれは武士《ぶし》だから、作法にのっとって平伏《へいふく》し、幸村の言葉を待った。

「おぬしらは、幕府《ばくふ》を倒《たお》したいと考えているのであったな」

「はい、ついに機会がやってきたようですね」

伊佐《いさ》の白いほおがかすかに赤らんでいる。興奮《こうふん》が体中を駆《か》けめぐって、舌《した》を動かす。

「どんなに劣勢《れっせい》であっても、戦場に出れば勝機はあります。つまり、家康《いえやす》の首をとればよいのです。幕府《ばくふ》の組織《そしき》はととのっているように見えますが、家康ひとりの力量に頼《たよ》っているところがまだあります。あえて戦《いくさ》をしかけてくるのが、その証拠《しょうこ》と言えましょう。家康さえ倒《たお》せば、幕府は倒れます」

「おい伊佐」

鎌之介《かまのすけ》がめずらしくたしなめる側にまわった。放っておけば、伊佐はずっと話しつづけそうだ。

「なんだ、私《わたし》はまちがったことは言ってない……」

主張《しゅちょう》しかけてはじめて、伊佐は非礼に気づいた。問われもしないのに、熱く戦略《せんりゃく》を語っていたのだ。幸村《ゆきむら》はとがめず、おだやかな微笑《びしょう》をたたえている。

「おぬしの考えは私と同じだ。もっとも、家康が戦場に出てくるかどうかはわからぬ。出てこないなら、引きずりだす作戦も必要になろう」

「勝ちつづければ出てくるんじゃないですかね」

鎌之介《かまのすけ》が軽い調子で言う。伊佐《いさ》を注意したことなど忘《わす》れているようだ。伊佐ももちろん黙《だま》ってはいない。

「逆に、簡単《かんたん》に勝てると思わせて、のこのこと前に出てきたところを逆襲《ぎゃくしゅう》、という策《さく》も考えられるぞ」

「普通《ふつう》に戦えば、そうなるかもしれんなあ」

「待てよ。私《わたし》たちは味方が少数だと決めつけているが、案外、豊臣《とよとみ》家に味方する大名も多いのではないか」

「そんな甘《あま》くはないだろう。偉《えら》いやつらは、今の状況《じょうきょう》を守ろうとするもんだ」

伊佐と鎌之介の議論《ぎろん》は果てがない。幸村《ゆきむら》は耳を傾《かたむ》けつつ、折を見て清海《せいかい》にたずねた。

「おぬしはどうだ？　幕府《ばくふ》と戦ってくれるか」

半分居眠《いねむ》りをしていた清海が、かっと目を開いた。迫力《はくりょく》のある眼光《がんこう》が、見えない敵をにらみつける。

「もちろんです。敵をぶっとばすのが楽しみです」

もともと、幕府《ばくふ》を敵にまわして戦ってきた三人だ。今さら、怖《お》じ気《け》づいたり、ためらったりすることはない。

「頼《たの》もしいな」

幸村《ゆきむら》は微笑《びしょう》してから、真顔にもどった。

「しかし、大坂城《おおさかじょう》に入れば、私《わたし》も秀頼《ひでより》様の指揮《しき》を受ける身となる。規律《きりつ》は守らねばならぬし、軍議の決定にはしたがわねばならぬ。おぬしらには窮屈《きゅうくつ》な思いをさせるかもしれぬが、それでもよいか」

「それがしはかまわぬぞ」

清海《せいかい》が自信たっぷりに宣言《せんげん》した。この巨漢《きょかん》の僧《そう》は六郎《ろくろう》との約束を守って酒を断《た》っており、もはや破戒僧《はかいそう》とは言えなくなっている。

残りのふたりは、顔を見あわせて、すぐには返事ができなかった。人から命令されるのは好きではない。幸村ならまだしも、大坂城にこもってふんぞり返っているやつらの命令を聞けるかどうか。

「聞けないなら、おいていくぞ」

そう言って笑ったのは清海《せいかい》だ。伊佐《いさ》がむっとして言い返した。

「まともな命令なら聞くさ」

「逆に考えてはいかがですか」

鎌之介《かまのすけ》が提案《ていあん》した。

「幸村様《ゆきむら》も命令に不服なことがあるでしょう。そういうときにおれたちを使えばいいんです。なんでもしますし、あいつらなら仕方がないって言わせてみせますよ」

幸村もさすがにおどろき、苦笑いを浮《う》かべた。鎌之介は命令を聞くつもりはない、と言っており、そのうえで幸村にも命令違反《いはん》をしろとたきつけているのだ。

「ちと開き直りがすぎるのではないか」

「おれは好きで浪人《ろうにん》をしてますからね。手柄《てがら》を立てて名をあげようなんて、これっぽっちも思っていないんです。家康《いえやす》は嫌《きら》いだし、おもしろそうだから大坂《おおさか》に行きますが、行動を制限《せいげん》されたくはありません」

幸村は天井《てんじょう》を見上げて思案をめぐらせた。軽く首をかしげてたずねる。

「おぬしは戦《いくさ》が好きなのか」

「ちがいます。悪いやつをやっつけるのが好きなんです」

「……よかろう」

軽くため息をついて、幸村《ゆきむら》はほほえんだ。

「おぬしの好きなようにするがよい。だが、大坂城《おおさかじょう》ではおそらく、私《わたし》の力は大きくない。かばえないことも多かろう」

「そのときはひとりで逃《に》げ出します。幸村様に迷惑《めいわく》はかけません」

まとまったと見て、伊佐《いさ》が声をあげた。

「こいつと私たちをいっしょにしないでください」

幸村が視線《しせん》を兄弟にうつす。伊佐はふたたび、熱のこもった口調で語った。

「私たちはもっと真剣《しんけん》に幕府《ばくふ》と戦おうと思っています。育ててくれた寺を破壊《はかい》されたうらみは、絶対《ぜったい》に忘《わす》れません。自分たちの目的のためなら、弱い者はどうなってもいい、そういう考えは許《ゆる》せないのです」

「おれも同じだ。幕府を倒《たお》す」

清海《せいかい》の太い声がひびいた。姿《すがた》かたちの異《こと》なる兄弟だが、瞳《ひとみ》に宿るまっすぐな思いは共通している。たとえこの身がどうなっても、幕府に一矢《いっし》むくいるのだ。

幸村《ゆきむら》は満足げにうなずいた。

「よし、幕府を倒《たお》すために、力を合わせようではないか。主君と家来ではなく、同じ目的を持つ仲間だと考えてくれ」

伊佐《いさ》は少し高い声で、清海《せいかい》は力強く、鎌之介《かまのすけ》はひょうひょうと返事をした。三人に共通するのは不敵な表情《ひょうじょう》であった。

2

それほど広くはない九度山《くどやま》村の広場に、かがり火が赤々とたかれていた。揺《ゆ》らめく炎《ほのお》と輝《かがや》く月が、村人の楽しそうな顔を照らしている。焼いた川魚やにぎりめし、そして酒が配られ、腹《はら》を満たし、のどをうるおす。

夕暮《ゆうぐ》れ時からはじまった祭りは、夜ふけに最高潮《さいこうちょう》に達していた。子どもたちはすでに寝《ね》ているが、酔《よ》っ払《ぱら》った大人たちは若者《わかもの》も老人も男も女も、歌ったりおどったりしてさわいでいる。

日ごろから世話になっている村人たちの恩《おん》にむくいるため、祭りをもよおしたい。六郎《ろくろう》がそう伝えると、十蔵《じゅうぞう》は不思議そうにたずねた。

「ありがたい話だが、どうしてまたこの時期に？」

「沼田《ぬまた》から仕送りがあったのだ」

「なるほど、持つべき者は太っ腹《ぱら》な兄貴《あにき》だな」

十蔵はひげを揺《ゆ》らして笑ったが、目は笑っていなかった。

「村の者も喜ぶだろう。ぜひ、頼《たの》む」

そして、祭りの当日、十蔵は酒をたらふく飲んで、早々にひっくりかえってしまった。そのおかげか、村人たちも気がねなく飲み食いしている。

佐助《さすけ》はさわぎから離《はな》れて、村の周囲の警備《けいび》にあたっていた。隠《かく》れて様子をうかがったり、村に近づいてきたりする者がいないか、目を光らせている。

広場のほうからやってくる娘《むすめ》の影《かげ》には、ずっと前から気づいていた。

「佐助《さすけ》、どこにいるの？」

声をかけられてから、はじめて気づいたように姿《すがた》をあらわす。かえでが駆《か》けよってきた。

「準備《じゅんび》は終わったのか？」

たずねると、かえではうなずいて、にぎりめしを差し出した。

「はい、差し入れ。もういつでも出られるわ。合図がある前に食べておいたほうがいいわよ」

あまり腹《はら》は減《へ》っていなかったが、佐助は礼を言って、にぎりめしにかぶりついた。

「この村とも、もうお別れね」

満月に近い月を見上げて、かえでがつぶやく。気候はおだやかで、人はやさしく、居心《いごこ》地《ち》のいい村だった。平和な世にこの地で暮《く》らしていたら、きっと幸せだったと思う。

佐助はにぎりめしを飲みこんで、ひと息ついた。かえでの横顔を見て、少しふるえているのに気づいた。

「戦《いくさ》がこわいのか？」

「ううん。みんないるから平気。あたしがしっかりして、姫様《ひめさま》を守ってさしあげないといけないし、こわがってはいられないわ」

「そうだな。おれたちには守るべき人がたくさんいる。がんばらないと」

かえでは佐助《さすけ》を見つめた。黒い瞳《ひとみ》に吸《す》いこまれそうになって、佐助はどぎまぎした。何か言うべきだろうが、なんと言えばよいのか。

星の光が降《ふ》りそそぐ。時がゆっくりと流れる。

心臓《しんぞう》が高鳴って、口から飛びだしそうだ。

ふいに、大きく火の粉が舞《ま》った。かがり火の炎《ほのお》が左右に揺《ゆ》れている。

「合図だ。行こう」

残念なような、それでいてほっとしたような気持ちで、佐助は駆《か》けだした。かえでがついてこられるよう、ゆっくりと走った。

屋敷《やしき》では、すでに脱出《だっしゅつ》がはじまっていた。みなが無言で作業を進めている。荷車や馬に荷物がつまれ、姫《ひめ》たちは輿《こし》に乗る。幸村《ゆきむら》や六郎《ろくろう》たちは馬に乗り、従者《じゅうしゃ》がわきにしたがう。村人たちは酒を飲んでぐっすりと眠《ねむ》っているだろう。その隙《すき》に、村を出て大坂《おおさか》に向かうのだ。

佐助は列の先頭のさらに前を警戒《けいかい》しながら進み、かえでは姫《ひめ》の乗った輿《こし》の隣《となり》を歩く。数十人の列はそろそろと村を後にする。

佐助《さすけ》は誰《だれ》よりも早く、その男に気づいた。熊《くま》の毛皮をかぶり、鉄砲《てっぽう》をひざにおいて、道の真ん中にすわっている。十蔵《じゅうぞう》だ。酔《よ》いつぶれたのではなかったか。

「まずいな」

佐助はつぶやいて、きびすを返した。六郎《ろくろう》と黒《くろ》六郎に報告《ほうこく》して、指示《しじ》を求める。

「さすがに、あっさりと送りだしてはくれないか」

黒六郎が眉《まゆ》をひそめた。

「なるべくなら、戦いたくはないな」

六郎は言いながらも、刀と鉄砲《てっぽう》の具合をたしかめている。十蔵が真田《さなだ》家を監視《かんし》していたことには気づいていたが、十年以上もつきあってきたのだ。心は通じていたと思う。それでも、立場がちがえば、仕える主君がちがえば、刃《やいば》をまじえなければならないのだろうか。命のやりとりをしなければならないのだろうか。

「私《わたし》が話をしてみよう」

幸村《ゆきむら》はそう言って、馬を進めた。六郎と黒六郎が両側にひかえてしたがう。

十蔵《じゅうぞう》の姿《すがた》が見えてくると、幸村《ゆきむら》は馬を下りた。ふたりの六郎《ろくろう》もあわてて下馬する。

十蔵が立ちあがって、幸村を迎《むか》える。道をふさぐ格好《かっこう》だ。

「これは幸村様、どちらにおいでですかな。村を出るには幕府《ばくふ》か紀州藩《きしゅうはん》の許可《きょか》がいるはずですが」

「その幕府と戦うために行くのでな。紀州藩には申し訳《わけ》ないが、通してもらいたい」

六郎がおどろいて主君を見やった。黒《くろ》六郎は幸村様らしい、とにやにやしている。

十蔵は手にした鉄砲《てっぽう》をもてあそんで、しばらく無言であった。黒六郎が先に刀を抜《ぬ》こうとするのを、幸村が右手を横に広げてとめる。

後ろで待つ行列から、不安そうなざわめきが流れてきた。

「おぬしはなんども、獲物《えもの》をわけてくれたな。おかげで助かった。恩《おん》を仇《あだ》で返すのは忍《しの》びないが、われらには大義《たいぎ》がある。世のため人のため、黙《だま》って通してもらえないだろうか」

十蔵はふいに鉄砲を投げだすと、その場に平伏《へいふく》した。幸村がかすかに眉《まゆ》をあげる。

「これまで身分をいつわっていて申し訳ございませんでした。それがしは筧《かけい》十蔵と申します。紀州藩浅野《あさの》家に仕える侍《さむらい》です。いや、侍でした。幸村様、どうか真田《さなだ》家の兵として大坂《おおさか》に連れていってください」

黒六郎《くろろくろう》がおどろいて、幸村《ゆきむら》と十蔵《じゅうぞう》を見比《みくら》べる。六郎は小さくため息をついた。こうなると思っていた、とでも言いたげだ。

「気の迷《まよ》いではなかろうな。おぬしの地位も名誉《めいよ》も、命まで捨《す》てることになるかもしれぬのだぞ」

「かまいませぬ」

十蔵は顔をあげた。

「それがしの親父《おやじ》は名も無い足軽《あしがる》でしたが、戦《いくさ》で手柄《てがら》を立てて、秀吉《ひでよし》様に手づから褒美《ほうび》をもらったのが自慢《じまん》でした。秀吉様のために働け、というのが口ぐせでした。褒美をもらったからではないと、あれだけ下々《しもじも》の者にやさしい方はいないからだと、言っておりました」

十蔵は過去《かこ》をなつかしむように、視線《しせん》を一瞬《いっしゅん》、夜空に向けた。

「この十年あまり、幸村様のなさりようを見ていて、親父の言いたいことがわかったんです。ご存《ぞん》じでしょうか。村人たちは寝《ね》たふりをしているのですよ。あなたがたを無事に送り出すために」

幸村《ゆきむら》は黙《だま》ってうなずいた。九度山《くどやま》村の人々が協力してくれるのは、これまで真田《さなだ》家の者たちがえらぶることなく、土にまみれてともに暮《く》らしてきたからだ。子どもはいっしょに遊び、おとなはいっしょに仕事をしてきた。そのつみかさねが、村人の心をつかんだ。

腹《はら》を割《わ》って話せばこころよく送りだしてもらえただろう。それをしなかったのは、村人たちが後で罰《ばっ》せられることを心配したからである。策略《さくりゃく》に引っかかって仕方なく、という事情《じじょう》なら、おとがめはなかろう。

「それがしは村の者たちにかわって、あなたの下で働きたい。それは豊臣《とよとみ》家のためにもなります。親父《おやじ》の遺言《ゆいごん》を果たせるのです」

「紀州《きしゅう》の殿様《とのさま》は承知《しょうち》しているのか」

幸村の問いに、十蔵《じゅうぞう》は笑みをうかべた。

「多くは語れませんが、豊臣家の危機《きき》に浅野《あさの》家が人を出せぬようであれば、太閤《たいこう》様に申し訳《わけ》がたたぬ、と」

浅野家も秀吉《ひでよし》に恩《おん》を受けていたのだ。家を守るため、表だって大坂《おおさか》に味方することはできないが、こっそりと豊臣《とよとみ》家を応援《おうえん》する大名は少なくない。勝利を重ねれば、かれらも大《おお》坂《さか》に駆《か》けつけてくれるだろう。そうすれば、幕府《ばくふ》を倒《たお》せる。

「浅野《あさの》家の志、しかと受けとった」

幸村《ゆきむら》は十蔵《じゅうぞう》を立たせ、列にくわえた。心強い仲間を得て、一行は大坂へと向かう。

夜明け前に、海岸に着いた。ここで、清海《せいかい》、伊佐《いさ》、鎌之介《かまのすけ》の三人と合流する。

十蔵が清海を見つけて声をかけた。

「よう、破戒僧《はかいそう》。元気だったか」

清海が豪快《ごうかい》な笑いで答える。

「おう、にせ猟師《りょうし》。ようやくすなおになったか」

ふたりは背中《せなか》をたたきあって、再会《さいかい》を喜んだ。あまりに強くたたくので、かたわらの伊佐が顔をしかめている。

砂浜《すなはま》から延《の》びる急ごしらえの桟橋《さんばし》に、小舟《こぶね》が三艘《そう》つけられていた。沖《おき》で待っているのはもちろん、根津甚八《ねづじんぱち》の船である。陸路は妨害《ぼうがい》にあうかもしれないので、一行は船で大坂に入る計画だ。

小舟《こぶね》で何往復《おうふく》もして、明るくなる前に全員が船に乗りうつった。大量の荷物を運び入れたり、女たちを船に乗せたりするのは骨《ほね》が折れたが、指揮《しき》をとる六郎《ろくろう》の指示《しじ》は的確《てきかく》で、とどこおることはなかった。

幸村《ゆきむら》とはじめて対面した甚八《じんぱち》は、しばらく呆然《ぼうぜん》としていた。幸村が先にあいさつをした。

「私《わたし》が真田《さなだ》幸村だ。この前は家臣が世話になったし、おぬしのおかげで鉄砲《てっぽう》の数がそろったと聞いている。ありがとう」

甚八はあわてってはちまきをとって、頭を下げた。

「殿様《とのさま》に礼を言われるほどのことはしてませんぜ。こっちは商売なんで。ついでに幕府《ばくふ》にひと泡《あわ》ふかせられたら、これ以上の喜びはありません」

大坂《おおさか》までの短い航海は順調だった。黒《くろ》六郎が船室で寝《ね》たきりになっているほかは、みな戦《いくさ》を前にして気持ちをたかぶらせている。

佐助《さすけ》は帆柱《ほばしら》に上って風に吹《ふ》かれていた。才蔵《さいぞう》と話そうと思っていたのに姿《すがた》が見えないので、甲板《かんぱん》をぶらぶらしていたら、水夫《すいふ》に見張《みは》りを代わるよう頼《たの》まれたのだった。お安い御《ご》用《よう》だと、するすると柱に上った佐助《さすけ》である。

帆《ほ》にまとわりつくように、かもめが飛んでいる。白い雲が少しだけ近く見える。

やはり高いところは落ちつく。佐助は潮《しお》の香《かお》りを胸《むね》いっぱいに吸《す》いこんだ。

金色に輝《かがや》く大坂城《おおさかじょう》が見えてきた。何重にもなった濠《ほり》と石垣《いしがき》に守られ、金箔《きんぱく》をはられた天《てん》守《しゅ》がそびえたっている。立派《りっぱ》な城《しろ》だ。あの城にこもれば、どんな大軍を相手にしても戦えると思える。

ぶらぶらさせている足が、小きざみにふるえていた。武者《むしゃ》ぶるいだ。いよいよ決戦がはじまると思うと、緊張《きんちょう》が高まってくる。不安と恐怖《きょうふ》も、心のすみから、かまくびをもたげてくる。

そういうとき、佐助は大切な人の顔を思い浮《う》かべる。戦うのは、主君である幸村《ゆきむら》のためだ。そして、師匠《ししょう》の白雲斎《はくうんさい》や兄貴《あにき》分の又吉《またきち》が大事にしてきた、戸隠《とがくし》の忍《しの》びの誇《ほこ》りを守るため。もうひとつ、気のあう仲間たちと……かえでのためだ。

「絶対《ぜったい》に勝って、生き残るんだ」

つぶやくと、応援《おうえん》するようにかもめが鳴いた。

船は大坂《おおさか》の港に入った。すでに幸村入城《ゆきむらにゅうじょう》の連絡《れんらく》が行っているので、とがめられることなく上陸が進められる。

佐助《さすけ》は六郎《ろくろう》とともに先に下りて、周囲を警戒《けいかい》していた。最後に甚八《じんぱち》が下りてきたので、あいさつに行く。

「甚八さん、ありがとう。おれたち、絶対《ぜったい》に勝つから」

感情《かんじょう》をこめて語る佐助の横で、六郎が冷静に助言する。

「戦《いくさ》がはじまったら、港は幕府《ばくふ》の軍船でうめつくされるだろう。早めに安全なところに避《ひ》難《なん》したほうがいい」

「おうよ、部下たちに言っておこう」

甚八の返答に、六郎が眉《まゆ》をひそめた。

「どういうことだ？　それに、おぬしのその荷物は……」

手斧《ておの》をのぞかせた包みを背負《せお》って、甚八はにやりと笑った。

「おれもいっしょに行くんだ。よろしくな」

「ほんと？」

佐助《さすけ》が目を輝《かがや》かせると、甚八《じんぱち》はうれしそうに笑って、佐助の髪《かみ》をくしゃくしゃにかきまわした。

「おぬしらには、たくさんもうけさせてもらったから、恩返《おんがえ》しだ。大坂城《おおさかじょう》は濠《ほり》を水路のように使える。おれの力も生かせるだろう」

「しかし、お屋形《やかた》様がなんとおっしゃるか……」

困《こま》っている六郎《ろくろう》の背後《はいご》から、幸村《ゆきむら》が顔を出した。

「歓迎《かんげい》だ。味方はひとりでも多いほうがいい。特技《とくぎ》をもった人材なら、なおのことだ」

あわてて平伏《へいふく》しようとする甚八を押《お》しとどめて、幸村は微笑《ほほえ》んだ。

「期待しているぞ。存分《ぞんぶん》に働いてくれ」

「おう……いや、御意《ぎょい》にございます」

甚八が不器用に答えると、笑い声があがった。

「上田《うえだ》で徳川《とくがわ》を破《やぶ》った真田《さなだ》家の者たちだ」

幸村は歓声《かんせい》で迎《むか》えられて、大坂城の門をくぐった。十人の男たちが、後につづく。

猿飛《さるとび》佐助《さすけ》
霧隠《きりがくれ》才蔵《さいぞう》
望月《もちづき》六郎《ろくろう》
海野《うんの》六郎
穴山《あなやま》小助《こすけ》
三好《みよし》清海《せいかい》
三好伊佐《いさ》
由利《ゆり》鎌之介《かまのすけ》
根津《ねづ》甚八《じんぱち》
筧《かけい》十蔵《じゅうぞう》

幸村《ゆきむら》と真田《さなだ》十勇士の戦いが、まさにはじまろうとしていた。

作者　小前亮　こまえ・りょう

1976年、島根県生まれ。東京大学大学院修了。専攻は中央アジア・イスラーム史。2005年に歴史小説『李世民』（講談社）でデビュー。その他の著作に『三国志』『エイレーネーの瞳　シンドバッド23世の冒険』（理論社）、『月に捧ぐは清き酒』（文藝春秋）、『賢帝と逆臣と　小説・三藩の乱』『覇帝フビライ　世界支配の野望』（講談社）、『残業税』（光文社）、『平家物語〈上〉〈下〉』（小峰書店）などがある。

真田十勇士
2 決起、真田幸村

2015年12月15日　第1刷発行
2016年 7 月15日　第4刷発行

作者　小前亮
発行者　小峰紀雄
発行所　株式会社 小峰書店
〒162-0066東京都新宿区市谷台町4-15
電話　03-3357-3521
FAX　03-3357-1027
http://www.komineshoten.co.jp/
印刷　株式会社 三秀舎
製本　小髙製本工業株式会社

NDC913 20cm 246P
ISBN 978-4-338-29702-8